DOCTOR·WHO

Shining Darkness
神秘博士：耀眼的黑暗

（英）马克·米查洛斯基 / 著
宋雅雯 / 译

新星出版社　NEW STAR PRESS

DOCTOR WHO: Shining Darkness by Mark Michalowski
Copyright © 2008 Mark Michalowski
First published as Doctor Who: Shining Darkness by BBC Books, an imprint of Ebury, Ebury Publishing is part of the Penguin Random House group of companies. Doctor Who is a BBC Wales production for BBC One. Executive producers, Steven Moffat and Brian Minchin. BBC, DOCTOR WHO and TARDIS (word marks, logos and devices) are trademarks of the British Broadcast Corporation and are used under licence.
This edition arranged with Ebury Publishing
through Big Apple Agency, Inc., Labuan, Malaysia.
Shining Darkness Chinese edition copyright:
2019 Chengdu Eight Light Minutes Culture Communication Co., Ltd.
All rights reserved.
The Cover is produced by Woodlands Books Ltd.
著作版权合同登记号：01-2019-4962

图书在版编目（CIP）数据

耀眼的黑暗/（英）马克·米查洛斯基著；宋雅雯译. —北京：新星出版社，2019.9
（神秘博士）
ISBN 978-7-5133-3607-9

Ⅰ.①耀… Ⅱ.①马… ②宋… Ⅲ.①科学幻想小说－英国－现代 Ⅳ.①I561.45
中国版本图书馆 CIP 数据核字（2019）第 123987 号

耀眼的黑暗

（英）马克·米查洛斯基 著；宋雅雯 译

责任编辑： 汪　欣
特约编辑： 姚　雪　胡怡萱
责任印制： 李珊珊
装帧设计： 付　莉　张广学

出版发行： 新星出版社
出 版 人： 马汝军
社　　址： 北京市西城区车公庄大街丙 3 号楼　100044
网　　址： www.newstarpress.com
电　　话： 010-88310888
传　　真： 010-65270449
法律顾问： 北京市岳成律师事务所

读者服务： 010-88310811　service@newstarpress.com
邮购地址： 北京市西城区车公庄大街丙 3 号楼　100044

印　　刷： 北京捷迅佳彩印刷有限公司
开　　本： 910mm×1230mm　　1/32
印　　张： 7.75
字　　数： 100千字
版　　次： 2019年9月第一版　　2019年9月第一次印刷
书　　号： ISBN 978-7-5133-3607-9
定　　价： 38.00元

版权专用，侵权必究；如有质量问题，请与印刷厂联系更换。

献给戴夫和史蒂夫

——祝你们在苏格兰好运!

序　幕

多娜·诺伯尔眉头轻挑，嘴角勉强挤出一抹笑意，"我们飞越了二十五亿光年，就为了参观一座艺术馆？"

"是二百五十万光年。"博士纠正道。说着，他把多娜拉到一旁——只见一只形如直立食蚁兽、浑身布满图钉的生物缓缓走来。"而且，这个地方可不只是一座艺术馆。"听起来，他仿佛被她的话伤到了。

"如果你所谓的'不只是一座艺术馆'，是指这里有卖冰箱贴的纪念品店……"

"是有这个可能。"博士扯了扯耳垂，心虚地移开目光。

"你——"多娜哑然失笑道，"知道你那些小心思其实全写在脸上吗？"

"而你——"一道低沉粗粝、活似电锯成精的声音，蓦地在他们耳边响起，"知道自己其实挡路了吗？"

多娜扭头一看，他俩身边忽然出现了一个杵在道路正中的家伙。她愣了几秒，才看清对方的模样。他上半身每一寸都由金属打造，形貌宛如铜制希腊神像——从肌肉纹理、面部轮廓到神情姿态，无不肖似。然而，他腰部以下却是另一副模样：没有双腿，仅有一副充当下肢的履带。

那一瞬间，多娜还以为他其实是位普通人，可惜因为意外事故而失去了双腿，因此不得不装上一副挖掘机履带。（呃，勉强沾得上普通的边吧。尽管"他"看起来就像一件惨遭金属漆破坏的大英博物馆藏品。）

她下意识地道了声"抱歉"。

"你确实该感到抱歉。"对方粗粝的声音再次响起。直到此时，多娜终于确定了，对方绝非有血有肉之物。它的眼中闪烁着寒光，全身覆盖物也不是皮肤，而是某种奇妙的液态金属——这玩意儿将多娜的脸映得扭曲变形。"如果二位走着走着，忽然打算停下来聊天，我建议你们挪到那边去。"机器人颐指气使地伸出一根手指，指向道路另一头。

多娜哪儿受得了这气。

她腰板一挺，"既然如此——"

（"别……"多娜隐约听见博士嘀咕了一句。）

她并不搭理博士，转而指向车来车往、川流不息的中央四车道，说："如果您打算这么没教养，那我建议您挪到那边去。"末了，她又补上一句："这样可好，老兄？"

（"真的，别跟它吵。"博士再次提醒道。）

机器人傲慢地挑了挑眉,把多娜从头到脚打量了一番,然后鄙夷地啐道:"有机生命体!"

"你这是在侮辱我?"多娜立刻反击道,"亲爱的,在我生活的星球,你这种言论连《特丽莎·戈达德访谈》[1]都上不了,《杰瑞米·凯尔秀》[2]更是想都别想。"

("多娜……")

"不知所云。"机器人对多娜的挑衅不屑一顾。

这时,博士瞅准机会插进来,一把抓住多娜的胳膊把她扯到一旁,"多娜!有句借罗马来表达'入乡随俗'的谚语,是这么说的……"

"罗马?你怎么不说庞贝古城[3]啊?"多娜尖刻地回敬道,"它是个什么东西?"

"它是个'遇到了两个不懂交通规则的外星来客'的本地人。"

多娜眼睁睁看着博士对机器人粲然一笑,脸上还写满歉意。

"别对它笑,说句'不好意思'都算抬举了,别一副低声下气的模样。"

机器人的上半身依然面对着他们,下半身的履带却扭转了方向,开始提速。它不耐烦地对博士说:"有时间的话,不如好好训练下你的宠物?"

1、2. 均为英国近年播出的脱口秀节目,以言辞犀利著称。
3. 在新版《神秘博士》第四季第二集《庞贝烈焰》中,博士与多娜去了庞贝。

多娜目瞪口呆。博士抢在她开口前，将她牢牢抱住拖开，为机器人让路。机器人没再说话，转而发出阵阵轰鸣，离开了。

"宠物？"她倒抽一口凉气道。

"宠物在这里地位很高的。"博士这话接得倒是挺快，可惜没什么说服力。

多娜眼睁睁看着机器人消失在熙来攘往的街道上，冲它离去的方向怒喝道："宠物？！"她回头看着博士，依旧瞠目结舌、难以置信，"它竟敢说出那种话？你不是说，要带我到文明开化的地方吗？我看，这儿的文明开化程度，还不如西汉姆联的赛场！"

博士轻轻地把多娜转了个方向，让她背向建筑，远离拥挤的街道。

多娜余怒未消，"就不能让我遇见一个友善点儿的机器人吗？这世上总有这种机器人的吧，只是我还没遇见罢了。毕竟，宇宙这么大，总该有那么一个……"

"那记得提醒我带你去纳皮尔主星，当地人的热情好客堪称完美——至少《艾索普星系旅游指南》里是这么写的。我自己倒是没去过，但那里口碑不错。"

多娜将信将疑地挑起半边眉毛。

"从我目前领教过的那些机器人来看，这个评价的可信度很低。"

"你才见了几个而已,不能以偏概全。"博士一边教育多娜,一边打量着道路两侧高耸入云的摩天大楼,"还记得你第一次见到渥德人时的场景吗?"

"那又不一样。渥德人又不是机器人,他们只是长得……"多娜朝博士笑笑,想要缓和严肃的气氛,"有种'渥德妈呀'的感觉。"

"说不定人家还觉得你长得怪呢。"博士指了指不远处一座光鲜浮夸的墨绿色建筑,"走吧,去看看里面有没有机器人的艺术品,也许它们能让你产生全新的认识。"

"需要新认识的人可不是我。"多娜嘟囔着跟在博士身后。他俩走进自动感应门时,它愉快地问候道:"下午好。"

"艺术!"博士夸张地感慨道,"是人类心灵的窗户。"略微颔首后,他又补充了一句:"当然,也是仙女星系中每一个心灵的窗户。"

多娜挑了挑眉。

一只外星生物走到他们面前,停了下来。它全身湿软,形似床头柜,头顶生着一圈金属般闪亮的眼睛。它显然正在观赏玻璃展柜内的展品——一块平平无奇的灰色大理石板。博士也正盯着这个展柜。然而,多娜转念一想,那外星生物或许也在观察她和博士。为了保险起见,她硬是挤出了一抹浅笑。毕竟她已经冒犯了一个仙女星系人。就算那只是无心之失，但多娜还是打定主意，要是再碰到别人，自己务必谨言慎行。

"只要你愿意，我完全可以带你去满是惊险、刺激和致命危机的地方。决定权在你。"博士小声说。

"床头柜"溜溜达达地走了，发出似笑似咳的声响。

多娜伸出双手，掌心朝上，权衡着两个选项。

"要惊险、刺激和致命危机？"她两手上下交替摆动，"还是艺术馆？"

"别不懂欣赏嘛。"博士笑笑，"不如鱼和熊掌兼得，去参观第三彩色玻璃帝国……哦，等一下！"

眨眼之间，多娜身边的人就不见了。博士飞速蹿过艺术馆黑色的镜面地板，直奔一个大型展柜。多娜叹了口气，慢腾腾地跟上。她热爱艺术，真的。以前她家里还挂过一幅梵高的《向日葵》。那才叫艺术啊，真正的艺术。才不是什么黏在展板上撒着草屑的玩意儿，也不是地板上突兀冒出的半辆迷你宝马，更不是一块灰色大理石板。

这时，恰好有三个高挑骨感的金发美女走进了展厅，多娜追上博士时差点和她们撞在一起。那三人面无表情，看起来笨拙而僵硬。

"抱歉。"多娜轻声说着，绕开了她们。三人静默着目送她离开。

博士身体前倾，鼻子紧贴在展柜的玻璃上。展柜中央摆着细长的玻璃支架，上面托着个仿若生锈的卡车车轮般的东西，但其外表覆满了碎钻。

"多娜！"博士压低声音，示意她过来，"你看这是什么？"

多娜仔细看了看。

"你是不是想说，这象征着娱乐圈女团间那永无止境的斗争？"

"那是隔壁展厅的主题，"博士说，"这个有趣多了。"

"那么，请问温迪嬷嬷[1]，您有何高见呢？"

"具体是什么我也说不上来，但这绝不仅仅是艺术品。"

多娜强忍打哈欠的冲动，敷衍道："是吗？"就在这时，那三名超模——或者别的什么家伙——在博士面前的展品旁彼此散开，各守一角。痴迷于展品的博士似乎并未察觉，但多娜觉得这三人的举动颇为蹊跷，仿佛在酝酿什么阴谋，鬼鬼祟祟的——就像掐着时间蹲点，打算偷取DVD的窃贼。更古怪的是，这三人的模样没有一丝一毫的差异。

博士掏出音速起子，在展柜周围探测了一番。几秒钟后，他一脸疑惑地把音速起子塞回了口袋。

"你先在这儿等等。"博士环顾四周，说，"我去找找艺术

---

1. 本名温迪·贝克特，艺术爱好者，致力于艺术赏鉴。

馆馆长。"

"你就不能先读读简介手册？"多娜问。

"读过了，一点用也没有。我马上回来。"

三人中一位穿着浅灰色裤装（裤缝犀利如刀）的超模盯着多娜。多娜回了她一个微笑。

"艺术……"多娜不自在地寻找着话题，含糊开口道，"很伟大的，对吧？是人类心灵的窗户呢。呃，也是仙女星系中每一个心灵的窗户。"多娜补充道。

裤装超模淡漠地瞥了一眼多娜，随后把目光转向了同伴。多娜心里暗想："艺术爱好者，可真讨人喜欢呢……"

她正想着，突然瞅见了博士的鼻子留在展柜上的油印。它与艺术馆纤尘不染的环境、高不可攀的气质格格不入。多娜心念一动，很想任它留在那里。

但她猛一转念，自己还代表着地球的形象呢。她可不愿意让当地人把邋遢的标签贴在人类（还有以博士为代表的时间领主）头上。何况，眼前的三人对这个展品如此看重……这么一想，多娜抽出手帕，走上前，准备好好擦擦这块玻璃——就在这一瞬间，一阵静电猛地横扫过她的皮肤，然后，整个展厅陷入炫目的白光中。

1

强光逐渐散去,但多娜眼前还有残影,她不由嚷道:"喂!这是什么……"

然后,她蓦地一惊,截住了话头。因为,就在她看不见东西的短短几秒内,艺术馆的内饰竟完全变了样:原本宽敞亮堂的空间变得低矮局促,黑地白墙换成了暗紫色的旋涡装饰;周围的墙体七歪八扭,让她有种被困在煮鸡蛋里的错觉。不过,展柜和那三名超模倒是还在,但展柜里的灯光熄灭了。镶钻车轮失去了光线的衬托,显得更像一块废品。多娜突然冒出一个念头——也许,她已经不在艺术馆里了……

身后的门吱的一声开了,多娜随即转身。只见一位身形矮胖、长着金色卷发的男子快步走来,铁青着脸喝道:"难以置信!"他怒视着三名超模,"真是难以置信!这女的是谁?"他屁股肥硕,双手叉腰,上下打量着多娜。

多娜迅速回击道:"这女的是你祖宗!你又是谁?"

男人冷笑一声,"抓住她。"多娜顿觉上臂一紧——原来,两名超模已迅速上前,用钢箍般的力道死死扣住了她。多娜诧异不已——没人能有这么大的力气,超模更不可能。

"放开我!"她愤怒地喊道,不住扭动着。然而,她们的钳制却如铜墙铁壁般不可撼动。第三名超模站在展柜旁,全程冷漠地看着她。

"这女的是谁?"男人再次向三名超模发问,仿佛多娜不存在。

"要是我的同伴回头发现你竟敢这么对我,绝不会给你好果子吃。你可以掂量掂量我是谁。"

其中一名超模并不搭理她,只是平淡无波地回答男人道:"我们启动物质粒化传送时,她恰巧进入了传送区。"

"我就在这儿呢,"多娜呛声道,"我自己会说话。"她顿了顿,"物质粒化传送?我被传送了?"

矮个子男人厌倦地应道:"这不是明摆着的吗?"他盯着多娜,那双浅蓝色的眼睛和超模的眼睛一样冷寂无情。他穿着深灰色无领西装,配以挺阔的粉白横纹衬衫。他身上的某种特质,不禁让多娜想起房屋中介。

多娜质问道:"你到底是谁?如果博士知道了这事,你可就惨了。"

"博士?谁啊?男的女的?"

"哈!哈!哈!你是来搞笑的吗?"多娜竭力扭头张望,期望能看见博士的身影,可惜一无所获。她这才意识到,遭到传送的只有她自己。

她扭头怒视着矮个子男人,咆哮道:"你对我做了什么?这是什么鬼地方?你到底是谁?"

男人静默片刻,眯起眼,"我是加拉曼·哈瓦帝,你在我的'暗意之光舰'上。你又是谁?"

"多娜·诺伯尔,如果你不立刻把我送回原处,这个名字翻译过来就是'你麻烦大了'。"

加拉曼若有所思地抿唇忖度着她所说的话。过了一会儿,他说:"休想。我不认为你有那么大的本事。"

他的目光扫过多娜身侧的两名超模,命令道:"先把她关起来!"然后他转头对多娜说,"我本打算现在就杀了你,但直觉告诉我,多留你一会儿未必是件坏事。"

"哦,老兄,你这可是一错再错!"多娜在快被超模们拖走时拼命挣扎,"等博——嗷!别碰我!"

超模们对多娜的怒斥置若罔闻,半拖半拽地把她带走了。

博士还没跑出五步,就被身后冲天而起的白光惊得回过头来。展柜、多娜和那三个人形机器人眨眼就消失了,唯有地板上留下了一个矩形浅坑。

博士叹息道:"我怎么又把多娜搞丢了。"这时,艺术馆的工作人员从另一个展厅匆匆赶来,想要一探究竟。

"打扰一下。"博士对他说道。那位男性工作人员身材修长,有一双疑似文上去的拱形眉毛,和一张神色睥睨的脸。博士问他:"刚才发生了什么?你们该不会用了修安粒子吧?多娜都快习惯成自然了[1]。"

服务员扬起本就弯拱的眉毛,扫了一眼展厅,慢腾腾地说:"我还指望你来告诉我呢。"

"好吧,鉴于刚才的强光和这一小块消失的地板,我觉得,你们遭到了抢劫。"

"抢劫?"

博士点点头,走到之前展柜所在的位置,蹲下身,掏出音速起子在空中探查起来。几秒钟后,他平静地说:"是用物质粒化传送劫走的。幸好不是修安粒子。"他蹦起身来,"但劫匪掳走了一件无价之宝!"

"那值不了几个钱。"工作人员轻描淡写地说。

博士目光灼灼地盯着他,"我说的是多娜。不过,既然你提了,我就免不了问一句,展柜里到底是什么?"

工作人员优雅地耸耸肩,淡然道:"艺术。"仿佛这两个字已道尽一切。

---

1. 详见《神秘博士》2006年圣诞特辑《逃跑新娘》。多娜因服用掺了修安粒子的咖啡,被拉入塔迪斯中。

"是吗？我看，不止这么简单吧？"

对方答道："这里是艺术馆，展出的自然都是艺术品。"

"可根据我用音速起子收集到的读数，那件展品还是高精尖的科技产物。"

说着说着，博士突然停了下来。他意识到，站在这儿浪费时间和别人争执，并不能帮他找回多娜。

他朝门口走去，边走边说："要我说，你们得给粒化传送干扰场升升级了。伦敦的泰特艺术馆就不会发生这种事。"

说完，他便走了。

"借过！十分感谢！不好意思！谢了！"

博士灵活地在人群中穿梭，然后停在人行道边上，望着前方川流不息的各式交通工具。

音速起子检测到的信息消失得非常快。如果博士对多娜去向的判断没有问题，那他连一分钟都耽搁不起，否则就会彻底失去她的踪迹。

"出租车！"博士探出身，对着车流伸出胳膊。

然而，一切都是白搭——那些轿车、卡车和机器人，全都没有停下的意思。博士又徒劳地试了一次。最后，他气馁地把手指塞进嘴里，吹了个尖锐刺耳的响哨。一时间，所有外星人、人类和机器人都停了下来，扭头看向他，为他这副小身板竟能制造出这么大的噪音而啧啧称奇。

博士正要表露歉意,耳边却忽然响起了铃铃声,一头奶黄色、装甲大象般的生物,陡然停在他面前。因为刹得太急,它的身体还摇晃了几下。它的脸侧伸出长柄,上面有一只金色的眼睛。长柄在距离博士几英寸的地方停了下来。

一个低沉浑厚的声音问道:"我猜,你是需要交通工具?"

"嗯,我确实喊了声'出租车'。"博士满含歉意地说。

"啊,"黄色大象恍然大悟,"你是外星来客吧?"

博士上下打量着自己,"有这么明显吗?"

大象金色的眼睛眨了眨——尽管那"眼睑"只是一层深黄色的虹膜。"你说你自己是'出租车',"大象说,"你运气不错,没人把你的话当真。毕竟你看起来可载不了客。"

"世界之大,无奇不有嘛。呃,虽然我不想催你,但我得去找同伴了。"

"啊——"大象沉思片刻,说,"那就带你去'找伴街'吧。"

"不不不,不是那种同伴。是很重要的同伴……"博士想着多娜,声音渐低,"一个非常重要的同伴。我需要尽快找到我的飞船。"

"那就是去宇航中心啰?"

"不,去一个小广场,那儿有座像帽针一样的高楼。"

"'悲惨是非场',那片儿我熟。"

说着，大象身侧伸出一只奶黄色触手，卷起博士的腰，毫不费力地把他举到自己的背上，让他坐进那按乘客身形成型的舒适位置里。

"两分钟就到。"大象顺畅地插回了车流中。

博士问："能快点吗？一分钟行不？"

"那得改改我的限速器，还会违反一大串交通规则，也可能引起车祸，造成几十人死亡。所以，不行。"

博士暗自叹口气，任安全带自动绑好，"两分钟就两分钟吧。"

博士骑着黄色大象前进，丝毫不知道自己已经被盯上了。

一只身着红色短裤、头戴土耳其毡帽的浣熊眯起眼，偷窥到了博士和大象的这番交谈。它耳力极佳，将他俩的对话听得一字不落——那个外星来客，要去"悲惨是非场"。

浣熊赶紧拿出小型通信设备，按了几个键，汇报起来。

从骑上大象，到抵达目的地，博士除了得知大象名叫彻鲁潘奇，也经历了一场最为惊心动魄的"街头飙车"。彻鲁潘奇把时间掐得很准，在差几秒到两分钟时，把博士送达了"悲惨是非场"。博士有些晕乎乎地在口袋里上下摸索，思量着要拿什么当报酬。彻鲁潘奇见状，立刻告诉他，这里的公共交通是免费的。但它还是用柄端的眼睛看了看博士兴冲冲在它面前挥舞的物品——那玩意儿看起来毫无吸引力。

"这是花生。"博士欢快地解释道。但似乎无济于事。

彻鲁潘奇说了句"谢谢",谨慎地伸出另一只触角吸食了花生。

"它是来自地球的美食。"博士解释完,飞快地穿过草地,他已经看到了前方墙影下那熟悉的轮廓——塔迪斯。"你们这个星系只有这一颗!"他头也不回地冲大象喊。

"吓吓吓!"彻鲁潘奇吐出了花生的残壳。

"不用谢——哦,你们好!"

博士的注意力很快从彻鲁潘奇那里彻底移开,因为就在塔迪斯前方几米处,站着一个三米半高的机器人。它造型奇特,像疾驰的卡车冲进钢铁厂后残留的车祸现场,那发着红光的眼睛则令人心惊。它身边站着一个小麦肤色、面色阴沉的少年。看这二位的架势,是不打算放博士进塔迪斯了。

可博士只能靠塔迪斯找回多娜,别无他法。

博士摊开手掌,说:"花生发完了,抱歉。"

少年说:"我们不是来要花生的。"

他的样貌虽与普通十六岁少年无异,但眼神却比同龄人冷硬、沧桑。他瘦削的脸庞轮廓分明,鼻子一侧镶钻,在这样的艳阳天里,还穿着一件大到不合身的蓝黑条纹外套。

"那就好。我可能还有半块火腿三明治,就是不知道放了多久——"

少年打断博士:"你刚才在艺术馆。"

"好眼力!"

少年没接他这句话,只说:"你目睹了展品被偷的全过程。"

"怎么说呢,不能算'目睹'吧。实际上,我刚转身走了几步,背后的展品就给劫走了。我还有个同伴叫多娜,如果我不立刻赶回我的飞船,"他指了指塔迪斯,"她的传送行迹就会消失。所以,如果你们不介意的话……"

博士想要从少年和机器人中间溜过去。那机器人到目前为止一动不动、一言未发,仿佛一块由钢铁制成的巨型街道设施。这时,少年将手伸向衣领,轻轻碰了碰一块难看的黑色星形徽章。

博士手臂上的汗毛顿时竖起,周围的一切都陷入了闪耀的白光中。他心累地叹道:"天哪,别又——"

话音未落,博士、少年、机器人和塔迪斯都不见了。

2

多娜心慌起来，前所未有的心慌。虽然她和博士旅行时总会陷入麻烦，但像这样莫名其妙地和博士分开，还是头一遭。通常说来，她好歹清楚自己和博士的大致位置，也坚信博士很快就能找到她。

但这次不同。

多娜完全不知自己身在何处。苍天啊，她连这星球在哪儿都不知道，只记得博士说过它属于仙女星系，离地球有二十几亿光年之类的。

自从她再次跟博士结伴旅行以来，无论走到哪里，多娜都能找到一些似曾相识的感觉：庞贝古城好比主题公园，渥德星就像冰雪世界。多娜承认，自己第一眼见到渥德人时，确实觉得他们的外貌有些怪，但那颗星球上的人类还是让她找回了一丝熟悉感。不料，那群人类远不如渥德人有"人性"。而这颗叫"阿拉拉"的行星带给她的，却是一种前所未有的异世感。其实，多娜也不确定它是不是真叫"阿拉拉"，她怀疑博士问路时压根儿没听懂那位女士的话。无论如何，这里的每一缕气息、每一点声响、每一幅景象都喧嚷着"外星"二字！在街上往来的行人形态各异，其中很多看起来根本就不像人。还有那些机器人……

多娜真正接触过的机器人，只有圣诞老人机器人[1]和1号星球上的机器喽啰[2]，而这两种都算不上亲和友善。反观这里的机器人，没有灯泡般的金鱼眼，不会嘶嘶地往外喷蒸汽，也没有她在电视里见过的那些花哨可爱。相反，这里的很多机器人要么太有"生命感"，要么太像一件诡异的现代艺术品，比如之前遇到的希腊神像混搭挖掘机。如果它们稍微有点机器人该有的样子，多娜可能也会自在些。可它们并没有那些光亮的金属和锈迹，这让多娜很难把它们和"机器"联系起来。说实在的，多娜看着它们，鸡皮疙瘩都起来了。还有那几个超模。仔细一想，它们八成也是机器人。那么瘦弱美丽的女子，不会那么强壮。而且它们话也很少。想想美食真人秀《火热》吧，那些身材苗条的选手个个聒噪不已，哪像它们这样惜字如金。"机器妞"——没错，它们就是这样：漂亮无脑的机器美妞。

它们把多娜扔进了"暗意之光舰"上某间空置的卧室里。房间内部线条简约，斯巴达风格，那灰白和亮银的配色相当有格调。不过，屋里那个马桶让多娜捣鼓了二十分钟才肯冲出水来。它们

---

1. 详见《神秘博士》2006年圣诞特辑《逃跑新娘》。
2. 出自西蒙·梅辛汉姆所著《神秘博士》小说《天罗地网》。

把多娜一个人留在这里，锁上门走了。多娜又是砸门，又是威胁小矮子别落到她手里，但始终无人回应。她闷闷不乐地在房间里打转，发现这儿连扇窗户都没有，便烦躁地在心里暗骂——小气鬼，居然把她关在内景房里。她又把床边通信设备上的按钮挨个按了一遍，没得到任何回应，如果不是它们坏了，就是真的没人理她。她在光可鉴人的黑色浴室里迅速冲了个澡，然后瘫倒在床，深感无计可施。

要是博士遇到这种情况，他会怎么做？

假如博士和她一样，没有音速起子在手，他也许会掏遍身上所有口袋，用绒毛、绳子和旧杯垫倒腾出什么工具，分分钟开门走人。多娜掏掏兜，里面既没有绳子，也没有杯垫，倒是有一撮少得可怜的绒毛。房间里也没有其他替代品。她对房间展开了地毯式搜索——万一有人掉了张门卡呢？万一有大型通风管道或者裸露的电线呢？虽然多娜不知道这些东西该怎么用，但毕竟聊胜于无。她突然想知道，博士以前的同伴有没有让他传授过"密室逃脱入门秘籍"？估计没有，毕竟他们没有大把时间坐在塔迪斯里闲聊。就说最近吧，她和博士不断展开新的冒险，连停下来喘口气、洗个头的时间都没有。多娜低下头，拽着外套上的毛边看了看，这才意识到这衣服变得有多脏。她不由担心，等博士把她救出来、送回地球，这穿搭可能早就过时了。街上的人都会嘲笑她的。多娜百无聊赖地想，太空中有没有干洗店呢？

"哦，真是够了！"多娜从床上弹起来。她被关在外星人的太空舰上，置身于偌大宇宙的未知一角，却还在为衣服操心！

"振作起来啊！"多娜鼓励着自己。她走到门前，以自虐的力道把门砸得震天响。

出乎她的意料，门瞬间就打开了，外面站着那个自命不凡、虚情假意的小矮子。从他的表情来看，多娜一定把惊讶都写在脸上了。等等，这家伙名叫加拉曼、加罗威，还是加里布迪来着？某个机器妞儿就站在他身后。多娜第一次看清它漠不关心、千年不变的表情，不禁打了个寒战。

加拉曼不请自入。"我觉得我们应该谈谈，"他转过身，抬头看着多娜，"你觉得呢？"

"——又是传送！"构成博士的粒子各自归位后，他终于能把这句话说完了。他先确认了塔迪斯也在这里，随即猛地看向少年和机器人，"你们这群人怎么总是和粒化传送过不去？用经典、可靠的飞船不好吗？粒化传送可是出过事的。"正说着，他忽然打住话头，掏出音速起子。"这是……"他跺着脚，眯眼想了想，又掏出一个悠悠球，试探般甩了几下。"宇宙飞船。"他看向少年，对方也好奇地打量着他。"在轨道上？我猜也是。嗯，你们的传感控制器在哪儿？"

"传感控制器？"

博士在少年面前挥了挥音速起子,说:"我得在信息消失前,把它插进传感控制器里。"他挑了挑眉,"如果你们如我所料,对艺术馆被偷的展品非常上心,那我们不妨做个交易?你们助我找到多娜,我帮你们找到展品。"

少年考虑了一会儿,咬咬唇,点头答应了。

少年带着博士穿过船内走廊,机器人安静地跟在后面。博士发现,这艘飞船早已不复当年的光彩。它的墙体呈钢铁原色,斑驳的铁锈与污渍下透出一些没精打采的橙绿色块。闷热的空气中弥漫着一股机油味儿。他们脚下的地板不时颤上一颤,仿佛沉睡中的飞船翻了个身,又仿佛,它受噩梦所困。

他们在走廊上快速行进。博士挑起话头,对身后的机器人说:"你们共事挺久了吧?"

身后的庞然大物没有反应。博士暗想,身形如此巨大的机器人,行动起来竟能如此无声无息。机器人低下头,漠然注视着博士。它巨大的金属头颅呈V字形,脸上没有嘴巴,只有两只烧炭般火红的眼睛。

"'妈妈'不会说话。"少年说。

博士一惊,"我见过的那些妈妈,通常话都挺多。它应该不是你妈妈吧?对了,你叫什么?"

"布尼。"少年侧身挤过一扇半开的门,继续答道,"嗯,它不是我妈妈。这个机器人的名字就叫'妈妈'。"

走进控制室后,博士迅速四下扫了一眼,暗忖:这个地方虽然狭小、破败、嘈杂,但莫名透出了一股亲切感,颇有人间烟火气,这跟他以前常见的那些高贵冷艳的控制室不一样。

"不错嘛!"博士一边赞叹,一边直奔传感扫描控制器。一位身着灰色制服的中年女士挡住了他。她有一头黑色短发,面色充满戒备和疑惑。

"别担心。"布尼安抚道。那位女士虽然后退了一步,但并没有完全放松警惕。

"我是博士。"博士愉悦地自报家门。他一只手忙着摆弄传感器,于是把音速起子咬在嘴里,腾出另一只来与她握手。

"我叫凯莉克。"她朝布尼看去,问道,"这是怎么回事?"

"博士在帮我们找……"布尼顿了一下,"找展品。"

"找什么?"

"展品,"布尼意味深长地说,"艺术馆里那件。"

"哦。"凯莉克似乎舒了口气,随后又有点自喜地说,"那个啊,我们已经搞定了。"

博士拉下脸来。

"搞定了?你这么一说,显得我很多余啊。它在哪儿?"博士凝视着传感控制器上的显示屏,用手指戳戳屏幕,"在这儿吗?嗯……位置大概在……"他直起身,来回转了几圈,最后指着某面墙,"这个方向,一万一千公里外。"

"差不多吧。"凯莉克的目光里依然带着探究。

"那我们怎么办?"博士问。

"跟上他们。"布尼说着,大步走向房间中央,坐进那把破旧的大椅子里。填充物从扶手的裂隙处挤了出来。博士发现,这把椅子能支撑到今天,全靠绳子和胶带。

"你认真的?为什么不用粒化传送,直接把展品和多娜一起传回来?"

凯莉克看向布尼,"谁是多娜?这家伙究竟什么来历?"

布尼抬起头,眼神犀利而森冷,"据线人说,展品被传送走的时候,他和他朋友多娜正好在艺术馆。多娜被对方带走了。"

"打断一下。"博士走到布尼身边,和凯莉克并排站着。他眼角的余光瞥到"妈妈"几不可察地动了动。"你口中的'对方'是谁?他们为什么要偷那件展品?"

布尼和凯莉克交换了一下眼神。

博士迈着轻松的步子,继续说道:"试想,一件伪装成现代艺术品的尖端科技设备,被人从太空轨道劫走,是不可能神不知鬼不觉的。那,你们是艺术警察吗?整天在星系里四处奔波,打击艺术盗窃?"他边环视整个房间,边说,"搞得倒像电影《史酷比》。恕我直言,你们不怎么像艺术警察。"说着,他又补充了一句,"虽然我不知道真正的艺术警察是什么样,但至少不是你们这样。对吧？"

话音一落，大家的目光都聚集在他身上了。

"好吧，我只是随便说说。不过刚才我趁机看了一下你们的控制室……要我说，如果你们真是艺术警察，那么艺术品盗窃罪肯定不是本地警力的重点处理事项。这艘船老得都快散架了。"他无视布尼和凯莉克皱起的眉头和不满的神情，继续说道，"倒更像性价比不怎么高的私人财产。"

博士忽然猛拍额头，"我知道了！其实你们是艺术窃贼？你们本来在踩点，结果被人捷足先登。怪不得你们对一切了如指掌，还特意在塔迪斯外面等我。"

布尼说："如果我告诉你'我们不是贼'，你能消停会儿吗？"

"兴许能。"博士斟酌一下，又说，"不过，按照你的说法，问题就更多了。我最喜欢的就是'问题'了。哦不对，我还是更喜欢答案，但先有问题才有答案嘛。比如……"博士忽然指向布尼座椅扶手上的屏幕，"你们现在不是应该赶紧跟上那艘飞船吗？"

他声音里的焦急让二人赶紧转身去看。

就在他们注意力转移的那一瞬间，博士以百米冲刺的速度，绕过"妈妈"跑向门口。可门还没打开一条缝，"妈妈"就用钢铁巨手揪住博士的衣领，将他提了起来。博士在半空中晃啊晃，就这么被拎着转了个身，面向了布尼。

"这招声东击西用得不错。"布尼强忍住嘴角的笑意。

博士叹了口气,"老话说嘛,'试都不试,哪能成功'?"

"那你刚才是打算往哪儿跑啊?"凯莉克问。

被"妈妈"拎在手里的博士手脚使不上劲儿,胡乱指了指,"这个嘛……往我的飞船跑啊。把它开出去找多娜。"

"不行。"布尼从椅子上站起来,"至少现在不行。'妈妈',把他的飞船——就是那个蓝盒子,锁在他碰不到的地方。如果他敢耍花招……耍一次打一次。打到服为止。"

"妈妈"轻轻地把博士放回地上。博士扯了扯弄皱的西服,拾起仅剩的尊严,说:"很好!至少我们在这个问题上达成了一致。"

"你绑架了我,把我关在一个没有窗户和电视的小屋子里!现在却指望我跟你聊天?"多娜双手叉腰,怒视加拉曼,"知道什么叫精神虐待吗?"

加拉曼背对多娜,绕着房间转圈,强自镇定心绪、举止如常。

"你说的博士,"加拉曼突兀地问,"就是你的同伴,跟我讲讲他吧。"

"要我开口也行。你先明白告诉我,什么时候把我送回去?"多娜问。

加拉曼回头看她,啧啧两声,"这个恐怕不好办。"

"怎么不好办?"

"你看……我们已经快要离开这个星系了,我没理由再返回——"

"你说什么?"多娜指着他,气得手抖,"离开哪儿?"

"这个星系。我们想要的东西已经到手了,所以现在——"

"不,不!你没明白我在问什么。离开哪里?什么星系?"

"行星系。'暗意之光舰'已经离轨,正驶向……驶向下一站。"

多娜几步上前,站直身体,俯视着小矮人般的加拉曼,"所以,光绑架还不够,是吗?你还要把我带到鬼都不知道的地方,彻底把我和博士分开,是吗?!"

和博士分开已经够闹心了。可现在,她和博士之间的距离,还会随着时间的流逝,变得越来越远。

"你们星的人都像你这么尖刻吗?"加拉曼问,"我可不想碰到你们那儿的人。你从哪里来?"

"地球。我警告你,别招惹我们。"

"听都没听说过。这个叫地球的地方有什么特殊之处吗?"

"当然有,如果你胆敢在地球上绑架别人,还没等你喘口气,就给扔进监狱了。"

加拉曼瞪大眼睛,装出一副害怕的样子,"哦哟哟,我好怕哦!可千万别叫我碰上你们'地球星人'。"

"人类。"多娜纠正道,"我们叫人类。"

"这称呼也太宽泛了。有些滑稽,但太宽泛。好了,跟我讲讲博士这个人吧。"

多娜不配合地双臂一叉抱在胸前,一言不发,目光落向别处。加拉曼叹了口气,冲走廊上的机器妞打了个响指。后者安静地走进房间,双手紧握,举在身前。

"从她的手指开始。"加拉曼的口气风轻云淡,仿佛他有一百零一件事情要做,随便从哪一件开始都行。机器妞任由多娜徒劳挣扎,轻松拽起她的左手。机器妞的皮肤是哑光的,虽然颜色与人类无异,但既没有血管,也没有肌肤的纹理。当多娜意识到它要做什么时,不由一阵胆寒。

"就从小指开始。"说完,加拉曼转过身,仿佛不愿目睹机器人接下来的动作,"折断它。"

3

博士没有浪费力气砸门。既然对方不打算收走音速起子,那他打开牢门不过是几秒钟的事。他觉得外面会有人把守,比如机器人,甚至可能就是"妈妈"。他自认音速起子足以干扰机器人的大脑,但现在还没到鱼死网破的地步。何况,如果真那么做,音速起子就保不住了。博士还不打算把它拱手让人。

最关键的是,布尼的飞船还跟着多娜。只要不跟丢,博士也乐得享受一段独处时光。

那件艺术馆展品显然大有文章。如果音速起子收集的数据无误,那么,展品内部可藏有某种非常先进的共振线圈。博士需要仔细查看,才能知道那东西的具体用途。不过,那伙人为了偷它,不惜付出如此代价,而布尼一帮人也甘愿大费周章地追踪到底。博士估计,那不会是什么好东西。毕竟,没人会殚精竭虑地盗窃(或追踪)最新款的面包机或直发器吧。

博士四处看看,这个房间和整艘飞船一脉相承,都是那样难闻、破败、狭小。就算有人说这是二战时期的潜水艇,他也信。

墙角有张简陋的小床，上面扔着一条脏毯子。博士猜，这可能是某位船员的房间。但房间里没有任何装饰品或私人物品，所以，这也可能是专门为他准备的客房。真是贴心。

如果此刻能来一杯茶就好了，不过，他也不奢望这里提供客房服务。

他上次来仙女星系，已经是很久以前的事了，所以，博士对当前的情况有些力不从心。他对仙女星系当下的文明知之甚少，这也是他决定带多娜来这里的原因之一。她总是抱怨，跟他一起旅行，就像懵懂的学生跟着知识渊博的老师郊游，他侃侃而谈，而她一无所知。所以，博士才想带她到一个连他自己也不甚了解的地方。

也许这个决定是错的。

门忽然打开，发出了嘎吱声，博士嘟囔道："该加点润滑油了。"

他抬头看向门口，一位年长的女士单手端着托盘走了进来。

"啊！早餐！"博士惊喜地跳起来，"这还差不多！"

"住手！"多娜身边忽然响起一道奇特而又悦耳的声音。

她鼓足勇气睁开眼，又有些害怕一睁眼就看到机器人捏碎她小指的那一幕——毕竟她的指头还在人家手里钳着呢。她心里怵得慌。

"她太不识抬举了，"加拉曼有些急躁地说，"不给她吃点……"

"给她吃点苦头，让她老实些？加拉曼，你可真行！"

那声音是从门口传来的，多娜的视线被机器妞挡住了。虽然机器妞还钳制着她，但对方掐着她小指的力道已减轻不少。多娜往它身后瞥去，却瞄到一个极其诡异的身形。

对方看起来有点像从《与恐龙同行》[1]中走出来的角色——它有三条壮实的腿，它们像三脚架一样支撑着它修长的躯干。它笔直站着，有三条手臂，再往上看，是一颗椭圆形的脑袋。它深蓝色的眼睛有杯碟那么大，分布在短小的吻部两侧。它有蜥蜴般的皮肤，但全身呈渐变色——头是灰色；过渡到胸腹部，是漂亮如宝石般的绿松石色；再到脚部，变为柠檬黄。它斜挎着宽肩带，上面挂着数不清的小袋子。除此之外，它一丝不挂。不过话说回来，蜥蜴也不需要穿什么衣服。

"严刑拷打是没用的，"那个生物边说边走了过来。多娜这次彻底看清它的模样了。它走路姿势很怪——其实也不能说怪，毕竟人家是三条腿。它那三条腿飞速交替前进，像受伤的昆虫。

"严刑拷打只会让他们揣摩你想听什么。如果我们用这种手段，那和畜生有什么区别？"

---

1. BBC于1999年推出的专题纪录片。

它硕大的眼睛一眨不眨,上下打量着多娜。而它胸前的那条胳膊,像蛇一样灵活挥动着。

"加拉曼,对待有机生命体不该用这种态度。你太让我失望了。"

"行了行了,知道了。"加拉曼有些恼火,挥手让机器妞退下。机器妞得令,立马松开多娜的手臂。

多娜道了句"谢谢"。刚才,她一直经受着即将到来的断指之痛的煎熬,大气都没敢喘。

"不用谢。"蜥蜴说,"你就是多娜吧?我叫弥赛斯。"

它伸出前臂,展开上面仅有的三根手指。多娜愣了几秒,才反应过来,对方是要握手。但她没啥心情和刚刚还想捏断自己手指的人握手言和。

"你从哪里来?"弥赛斯见多娜依旧面色不善,便放下了手。

"一个叫'地球'的地方,但是她管自己叫'人类'。"加拉曼替她回答了。

"有意思。"弥赛斯雌雄莫辨的声音接着道,"在我们这个星系,这个词泛指左右对称的两足哺乳有机生物。"

"两什么?"多娜显然没跟上。

弥赛斯努努嘴,示意她看加拉曼。

"你是在描述'人类'?"多娜这会儿才转过弯来——弥赛斯是在描述形貌特征类似她和加拉曼的生物。

弥赛斯从喉咙里发出咯咯的轻笑，声音低沉而怪异。

"亲爱的，别在我面前秀智商，你以为你阻止这畜生……"她越说越小声，不愿再回忆方才加拉曼的暴行。

"不不，"弥赛斯赶忙说，"你误会了，我并没有嘲笑你的意思。只是听到你从另一个视角评价我们，感觉很新鲜。你说的地球在哪儿？"

多娜从牙缝里挤出三个字："太阳（恒星）系[1]。"

他们仨一时陷入了尴尬的沉默。

"呃，哪个恒星系？主星叫什么？"

"什么星？"

"主星，恒星。"

"叫……"多娜默默叹了口气。如果在他们眼里，她脑子不太灵光，那接下来这个答案，更无法改善他们对她的印象，"叫'太阳'（恒星）。"

"挺好的。"弥赛斯语气柔和，如同一位不明就里但礼数周全的上流社会贵妇，"就叫'恒星'啊。"

"你们地球星人——人类，是新兴文明吗？"加拉曼突然问。

"什么？"

"你们接触过星系中的其他文明吗？"

---

[1]. 原文为"Solar System"，既可指"太阳系"，又可指"恒星系"。下文同理。

"多了去了。"多娜信口胡诌,竭力使自己摆脱见识短浅的乡巴佬形象,"渥德人、品红人、拉克诺蚋[1],还有……还有妄果星的蜥蜴人。"她随意地耸耸肩,"我们可不是什么无名小卒。"

加拉曼不屑地说:"一个都没听说过。"

"那你们可得开阔眼界啊。"多娜想起博士的话,又补充道,"再说,地球可不属于你们仙女星系。"

加拉曼不自觉地瞪大了眼睛,"真的?"

"当然。我们的星系远在千里之外。"

"千里之外,很形象。"弥赛斯听起来又像在嘲笑她。

多娜不甘地顶了一句:"几百万个'千里之外'。"

然后,她看到他俩对视了一眼。

弥赛斯又说:"多讲讲你们星系的事吧。"它的手臂扭动如蜥蜴的舌头,"妄果星的蜥蜴人听起来就很有意思……"

年长的女士把托盘放在博士面前,歉意的微笑有些紧绷。

"'正义之剑号'的伙食怕是比不上星级酒店。"托盘上放着一碗打着旋的绿汤和一杯淡而无味的茶。"我叫利安。"说着,她朝博士伸出手,博士回握住她。利安那头灰白的长发在头顶绾成了复杂的髻。她海蓝色的大眼睛透出敏锐和智慧。

1.《神秘博士》2006年圣诞特辑《逃跑新娘》中的反派。

"'正义之剑号'？一艘飞船叫这个名字，未免有些浮夸吧？"

利安笑笑说："倒也符合布尼给人的印象。"

"我觉得他急需移植点幽默感。对了，我是博士，"博士微笑着说，"不过你可能已经知道了。"

"布尼确实说过。他虽然为人严苛，但本性不坏。"

"他这个年纪就做了船长，倒是年轻有为。"博士呷了口茶，立刻苦了脸。

"他只是看起来年轻，他们那个种族衰老的速度比我们要慢得多。说起来你可能不信，他已经年近半百了。"利安露出一个转瞬即逝的笑容，"我是不是该研究一下，他们星球的水里加了什么秘方？"

"他是哪个星球的？"

"达兰达夫星。"

博士面露茫然，"啊——那你呢？"

"生在便便噗星，四处游历长大。"

"不是吧！"博士惊呼一声，露齿大笑。

"你听说过它？"

"没有，不过竟然有星球叫便便噗，真是太神奇了。言归正传，利安，你们这么做的目的到底是什么？你们不是艺术盗贼，又对偷走那件艺术品的人穷追不舍……你们也不是警察，这飞船配置和船员组合实在不像样子——我无意冒犯。"

利安难过地摇摇头。

"要不要告诉你这个得由布尼决定,不过,其实我们对你的兴趣更大。"

"我?我是该受宠若惊,还是有所警觉?"

"你凭空出现在艺术品盗窃现场,而你的朋友又正好被一起'盗'走了,"她挑挑眉,"不觉得太巧了吗?"

"我觉得,这只是命运安排我于恰当的时间出现在恰当的地点,仅此而已。命运总爱如此。"

"而你声称自己对那件展品一无所知。"

"只知道它不止是个艺术展品。"

利安沉默了片刻。

"布尼想要见你。"

"是吗?我向来乐于交流。"博士环视自己的房间,"他过来,还是我过去?"

多娜不敢奢望,自己有关银河系的知识储备能令弥赛斯和加拉曼眼前一亮。仅靠列举几个她曾到访过的星球、甩出一些博士教给她的知识,根本不足以让他们生出什么敬意——更何况,现在一回想,自己可能有一半都记错了。不过,目前最重要的是激发他们的善良面,确保他们不会把自己当成浪费氧气的废物,丢出气密舱。多娜希望博士已经在赶来的路上了。她相信博士正在尽力寻找她，所以，在他找到前，她得保证自己还有命在。

她面前的"绑架犯"听得聚精会神，时不时问个问题，不过最终似乎不甚满意。多娜不知道他们究竟想打听什么。又或许，他们真的只是出于好奇。可她一直没放松对加拉曼的警惕——他下令要折断她的手指，她目前还不打算信任他。

多娜正准备接着讲述挖空木卫四的宏图大计，门吱的一声打开了。一个她没见过的机器人走了进来。它的体型比"超模"小许多，和孩童差不多高，通体奶白色，胸前横向排列着四只小手。它圆圆的脑袋上没有五官，咯咯的笑声让人直起鸡皮疙瘩。

加拉曼注意到，多娜表现出了些许不适。他笑道："你不怎么喜欢机器？"

"录像机、mp3播放器都还好，但这个……"多娜指了指小机器人，"你不觉得有点令人毛骨悚然吗？"

加拉曼迅速给弥赛斯递了个眼神。然后，他安慰多娜道："机器不过是工具而已。"说罢，他转头冲小机器人吼道，"什么事？"

多娜被震得微微一缩。

小家伙用稚嫩而悦耳的声音说："奥格穆尼派我来告诉您，我们将在一小时后进入目标恒星系。"

加拉曼听完就懒得理它了。小家伙呆呆不动，加拉曼大手一挥让它出去，它才摇摇晃晃地退下。

"它们会……"多娜鼓起勇气问，"它们能……能思考吗？

就是说，像我们这样思考？"

"像有机生命一样思考？"弥赛斯道，"它们不会。如果你不介意我用人猿来类比的话——它们就像人猿一样，只会模仿。它们模仿有机生命的行为和反应，但这些全都是按部就班的程序，就算'亲机派'吹得再天花乱坠，也改变不了这个事实。"

"'亲机派'？"

"这是目前较为流行的一种思想流派，他们鼓吹机械造物也有权利、有感情，就这一类乱七八糟的东西。"弥赛斯顿了一下，倾身靠近多娜。多娜闻到了薰衣草和鱼腥气的混合味，"在你们的星系，或者说你们生活的那个世界里，有机械造物吗？"

多娜翻了个大白眼。

"这可是你要问的。"她絮叨起来，"圣诞老人机器人！那玩意儿简直丧心病狂！我曾经被圣诞老人机器人绑架过，它们想靠出租车把我劫走。那天可是我的婚礼啊！简直难以置信，是吧？还有一号星球上的机器喽啰——那群家伙太奇怪了。"

加拉曼深以为然地点点头，"看来，你们星系的情况和这里差不多。"

"它们本性如此。"弥赛斯遗憾地摇摇头，"我们的科学家在几十年前就已经证明了，机械造物无法像有机生命一样思考、感知。这不是它们的错，但事实如此。"

多娜点点头。博士曾零星地讲述过他之前的旅行故事，听起来，机器人的出现似乎通常都不是什么好兆头。而她在仙女星系接触到的几个机器人，也完全没有让她产生想要亲近的念头。

加拉曼对多娜的态度好转了一些，说："看来，我们之间的共同点超乎预期。"他停下来看了一眼弥赛斯，"我看我们应该对多娜热情点。我为我之前的行为道歉。或许等你理解'暗意之光舰'的使命后，会从心底原谅我。"加拉曼拘谨地笑笑，但多娜没有回应他。光凭一句道歉就想把之前种种一笔勾销，哪有这么容易的事。

"如果你愿意的话，我们可以带你四下参观一番，行吗？"

用一趟参观作为断指威胁的道歉礼，未免有些敷衍。但，好在这也算开了个头。而且，多娜也可以借此机会，深入了解这群"绑架犯"。

4

利安领着博士走进"正义之剑号"的控制室时,队员们都在埋头工作。博士没看见"妈妈",倒是看到凯莉克和布尼正弯腰盯着传感器的屏幕。控制室里还有三四个形态奇特、各异的机器人四处奔走着——它们和极时髦的厨具颇有神似之处,都锃光瓦亮的。飞船不时发出令人心悸的嘎吱声和呻吟声。

布尼见博士走进来,便叫住他,"博士,我们马上就要进入美惠星系[1]了。"

"真的?"博士热情洋溢地应道,"太好了!不过那是哪儿?"

"抱歉,我忘记你对我们星系不熟了。"

"布尼,辽阔的宇宙中星系繁多,我自然也有知识盲点。"他挤进布尼和凯莉克中间,低头看着传感器的屏幕,问道,"这个美惠星系有什么独特之处?"

"耀暗之徒的太空舰就在这儿。"

---

1. 原文为Karris,一说源自希腊语Kharites,指希腊神话中的美惠三女神。

"耀暗之徒的太空舰?哦,你是说带着多娜的那艘!为什么叫他们'耀暗之徒'?"

布尼和凯莉克再次默默地对视了一眼。

"我的天啊!"博士喊道,"你们老这么含糊其词,还怎么沟通?各位不妨想象一下,要是所有人说话都是'给我……那个……来一个带把手的容器。里面装满那啥——热的,液体'……"他垮下肩膀,"如果我们用这种方式沟通,说到海枯石烂都不会有进展。"

"抱歉,博士,可我们认识你的时间还不到两个小时。在确认你值得信赖之前,我想还是不要过早亮出底牌比较好。"

博士不置可否地耸耸肩。

"随便吧,但利安认为我们应当增进沟通。"

布尼瞥了利安一眼,利安迎上他的目光。她重申自己的观点:"没错。也许博士说的是实话,他确实是无意中卷进来的。当然也可能……可能他骗了我们。不过,他绝不会像他看起来那样蠢。"

"听到了吧,"博士对布尼说,"来,跟我念,'他绝不会像他看起来那样蠢。'这种话我听多了。俗话说得好啊,'人不可貌相。'不如你先告诉我,你打的什么算盘,我再决定,是帮助你还是阻拦你。"他笑得分外灿烂。

三个仙女星系人沉默地用眼神交换意见,最后布尼点了点头,"利安说得或许有道理。"

布尼直起身,走到指挥椅前,示意博士跟上,"听说过耀眼黑暗教吗?"

"这是乐队名吗?"博士呈思考状,"这名字有点摇滚范儿,还挺亮眼。应该是个出过专辑的乐队,如果只出过单曲就对不起这名字了。我猜得对吗?"

布尼无奈地叹了口气,"你还说你比外表看起来聪明……"

博士报以讪笑,"好吧好吧,我没听说过什么耀眼黑暗教。他们是做什么的?"

布尼用低沉而严肃的声音缓缓说道:"几年前,他们还只是一群跳梁小丑,虽然有资金和头脑,但依然是跳梁小丑。"

"直到有一天?"

"直到有一天,他们的女首领——赫努·卢蒂丝死了,所有人突然销声匿迹。但两个月前,又传来了风声。"

"他们卷土重来了?"

布尼点点头。

"所以,这些人相信什么?通常来讲,他们不都会信些什么吗?无论多么毫无道理……但他们就是会那么做。"

博士注意到了布尼的小动作——他瞥了眼站在传感器控制板旁边听他俩说话的凯莉克和利安。

"他们信奉有机至上。"

"所以不喜欢机器人?"

布尼飞速皱了皱眉，"确切的术语，或者说最接近正确的术语，是'机械智能'。耀暗之徒管它们叫'机械造物'，你大概也能从中品出几分他们的态度。"

"所以'机器人'是贬义词？"

布尼又皱起了眉，"如果你指的是无知无觉的机器，这么叫也还好。只有利帕诺夫值高于40的，才能被称为机械智能。"随后他又翻了个白眼，"但关于称呼这个问题，一千个机械智能会给你一千个答案。有些喜欢叫自己'预设有机生命'，有的叫自己'非有机生命'。"布尼摇摇头，苦笑道，"这有时是敏感话题。"

这下轮到博士笑不出来了。"我在宇宙中游历了这么久，其实哪里都一样。"博士耸耸肩，"说到底还是礼节问题。如果一个自动贩卖机想要起名叫'芭芭拉'，那你叫它别的名字就不合适。"

"谁说不是呢！可万一耀暗之徒得了势，所有机械智能都只能沦为'机械造物'。他们才不会给人家起名叫……叫什么来着？哦对，芭芭拉。"

博士点点头，又挠挠后脑勺，问："所以耀暗之徒不认为所有生命都享有知觉权？"

"他们不认同机械智能具有知觉能力，认为它们不过是会模仿知觉行为的工具。无论摆出多少证据都没用。在耀暗之徒眼中，机械智能无非是七拼八凑的物件儿。"

"'妈妈'对这个耀眼黑暗教有什么看法？"博士的目光扫过控制室，"她不在啊。忙别的事儿呢？"

"'妈妈'大部分时间都是自己待着。不过，你用脚趾头也能猜到它不喜欢他们。"

"那你们呢？"博士环顾忙碌的众人，"你们追踪他们的目的是什么？"

凯莉克的声音从控制室的另一头传来："因为必须有人阻止他们的阴谋。"

博士皱眉，"什么阴谋？"

布尼摇摇头说："这也是我们想搞清楚的问题。"

突然，凯莉克发出一声惊呼。在众人反应过来之前，博士已经冲到她身边，伸长脖子看向传感器的显示屏。

"它不见了！"凯莉克边说，边飞快地在控制台上操作起来。

"难道他们使用超跃传送离开美惠星系了？"博士一边自言自语，一边用手肘轻轻推开凯莉克。说完，他又摇头否定道："不对，哪怕只有一秒钟，也会留下残痕。你能帮我拿着这个吗？"他脱掉外衣，把夹克递给凯莉克。她还处在震惊当中，一言不发地接过来，愣愣地看着博士折腾控制台。

"博士！"布尼吼道，"你在干什么？"

"我要试试……"博士说着，一把掀开控制台底部的检修面板，头朝上钻了进去，"看看能不能增强你们的传感器。从传感器最后几秒的日志数据来看，对方刚刚把我们屏蔽了。"

"什么意思？"

"意思是……"博士用力把电路板和那些晶体拖出来，重新连接它们，又咬紧牙关说，"不管他们在谋划什么，都不愿让别人知道。"

过了几秒，博士蹲起身，重新捣鼓起传感器控件来。

"在那儿！"他得意地喊道，"找到他们了！"

跟多娜以前见过的宇宙飞船相比，加拉曼的太空舰确实当得起"富丽堂皇"四个字。成批的小机器人忙前忙后，把清洁当作毕生事业，使得舰内纤尘不染。加拉曼还有其他事情要忙，所以由弥赛斯带她四处转转。鉴于之前的"断指风波"，多娜对这个"导游"还是比较满意的。

弥赛斯和加拉曼那种欺软怕硬的人不同，他亲切幽默，不会让人有胁迫感——如果不在意他的外表的话。多娜紧跟在弥赛斯身后，努力适应对方弹跳般的走路姿势。她至今没敢问弥赛斯的性别，只好根据弥赛斯的嗓音，姑且将对方视为"他"。她现在满脑子都是博士，也不停猜想着这群人到底怎样才肯放她回到博士身边。当弥赛斯带她参观发动机舱时，多娜终于确定了他的性别。试问哪位女性会带客人参观发动机舱？而多娜还得装出饶有兴致的样子。最后,多娜忍不住问他,什么时候才能放自己走?

"这不好说。"弥赛斯领着她回到了走廊上。此时,一个像巨型犰狳一样的生物缓步经过,还摇摇尾巴,仿佛在向他们打招呼。"我们……我们的使命可是头等大事。"弥赛斯的声音里透出少许的傲慢意味。

"回到博士身边可是我的头等大事。你能联系他,告诉他我在这里吗?"

"我想,加拉曼是不会同意的。但你换个角度想想吧,博士是你的朋友,他不会丢下你一个人离开的,对吗?"

"他敢!"

"所以啊,他会一直等到我们把你交给他的那一天。"

多娜骤然停下脚步,问道:"那么请问,'那一天'具体是哪一天呢?"她的脚边又绕过一个清洁机器人,它圆顶形的金属壳像极了星级酒店里用的餐盖。"我怎么觉得你们一点也不着急呢?万一博士认为我死了,或者我再也不回去了呢?他在心灰意冷地认为我再也回不去之前,会等多久?"

弥赛斯用两侧的手臂做出了耸肩的动作,这让多娜觉得他特别欠揍。

"你想让我怎么办?除了加拉曼之前……呃,情绪失控以外,我们没有任何失礼的——"

"你们像对待罪犯一样剥夺我人身自由,把我越带越远!"

多娜终于爆发了，"你老大还差点弄断我的手指！如果这都不叫失礼，那你们待人接物的方式得有多扭曲！"

话音刚落，一位身着工装、脸色苍白、神态傲慢的女士从控制室走出来，朝多娜生硬地笑笑。多娜回了她一个鬼脸。控制室里，加拉曼和另外两个人类正凑在一起说话，多娜和弥赛斯走进去的一瞬间，说话声戛然而止。

"我们找到那艘飞船了。"加拉曼对弥赛斯说话时，看向了多娜。

"他们进入恒星系了？"弥赛斯跳到加拉曼身边，扫了眼屏幕。

"快了。就在我们后面。"

弥赛斯猛地抬眼看向加拉曼，干脆地说："是他们。"

其中一个人类说："只要能确定来者何人就行。要是别人，我们倒麻烦了。"这人没有头发，身上肌肉虬结，皮肤呈深褐色。

"搜过她的身吗？有没有归航装置或定位器？"说着，他不怀好意地盯着多娜。

弥赛斯点点头。

有那么一瞬间，多娜的心像是漏跳了一拍。她天真地想，也许博士已经查到绑架她的人，现在正赶来救她。等她发现肌肉男皱眉盯着她时，才意识到自己的嘴角不由自主地上扬了。

"笑什么呢？"他冲多娜吼道。

多娜警觉地说:"没笑什么。"

弥赛斯转过来看着她,大大的眼睛一眨不眨,"你以为是你那位博士朋友赶来救你了,是吗?"

弥赛斯笃定的语气让多娜觉得他一定知道些什么。可如果来的不是博士……

"说不定呢。"多娜竭力让自己听起来坚定一些。

"是说不定。"加拉曼说,"但的确不是他。"他生硬一笑,"多遗憾啊。"

"那么,请问'无所不知'先生,你说是谁?"

加拉曼双臂交叠在胸前,一副自命不凡的模样,"不过是一点小麻烦而已,不值一提。不过老话怎么说来着,要亲近朋友,更要亲近敌人。只要我们掌握了他们的行踪,谅他们也翻不起什么浪来。不过,这对你而言就很不幸了,来人不是你的博士。"

多娜顿时心里一沉。

无论博士走到哪里,有的故事总是大同小异。总有某种智慧生物居高临下,判决另一种生物是否享有基本权利、是否拥有"人性"等等。人类、机器人,抑或时空褶皱中的多维生命体,都难逃窠臼。而他们判决的标准,可能是生物基础、文化,甚至可能是吃蛋糕时用勺子还是叉子。随之而来的,是迫害、战争、死亡,甚至生灵涂炭。似乎无论某种文明有多先进,他们都需要想方设法地向他人、向自己，为那些龃龉正名。

布尼突然开口打断了博士的沉思："我不知道你对我们的传感器做了什么，居然把它的感应范围扩大了一倍。"他眯眼审视着博士，"你到底是谁？"

"我说过了，我是博士。"

"那只是个称谓，不是人的名字。"

"但我的知识恰恰是你所需要的啊。"

布尼若有所思地看着他，"就目前而言，或许如此。"

"说句'谢谢'很难吗？"

布尼不情不愿地说："谢谢。但对于你的立场，我依旧存疑。"

"哦，你听我一句，其实我现在也不清楚自己的立场，所以在这一点上我们不过彼此彼此。但如果你们想要得到我的帮助，就得信任我。我需要知道美惠星系的情况。"

布尼想了想，点头同意了。

他点击控件，打开一套令人眼花缭乱的图表，介绍道："数据库里的资料显示，这里没什么特别之处，有一颗红巨星、两颗气体行星，还有一颗人类宜居的小行星。据记载，这里曾经是个不错的地方，后来却因为太阳耀斑频发，变成了如今的荒漠。"

"原住民呢？"

"是一种原始类猿生物，叫矍伏啼族。它们处于本土进化阶梯的顶端，掌握了基本的工具制作和建筑工艺，但没有先进的科技。"

"你为什么觉得他们会经停这里？"

布尼说："他们可能想借此甩掉我们。"

博士接着道："如果他们以为我们还处于被屏蔽状态，应该会立即动身。"

"有道理。"

博士伸了个大大的懒腰，说："接下来就等着看他们会不会动身吧。不如，你利用这个时间，跟我讲讲他们的女首领赫努·卢蒂丝？这个名字一听就很有故事。"

当传送场的白光逐渐消退，美惠星系的太阳所发出的血色光芒铺天盖地而来。风卷起沙粒拍打在多娜的皮肤上，让她感到星星点点的刺痛。干燥的空气闻起来毫无生机，还透着股沙子特有的热气和干硬感。

"啊……"她身边的弥赛斯心满意足地长舒一口气。

"啊？"多娜小声嘟囔，眯着眼睛抵挡沙暴的摧残。

弥赛斯解释道："这里有家的味道。"他舒展手指，像一只拨弄毛线球的猫咪，"真是心旷神怡！"

奥格穆尼——也就是船上那个对多娜不怀好意的肌肉男——嘀咕道："明明是死亡的味道。"他站在多娜身边，身后站着一个安静而漠然的机器妞。

无休无止的沙暴仿佛在啃噬多娜的皮肉，她环顾四周，寻找能够避风的地方，"在你们向我推荐分时度假[1]之前，能先找个地方躲躲吗——如果有地方可躲的话。我都后悔没带大衣来了。"

多娜怕沙子迷眼，便眯着眼观察美惠星的地表。目之所及全是平整的橙色沙石，倒和英国东部的诺福克郡有几分相似，只是这里奇热无比。

多娜转过身，只见弥赛斯手里捧着个声音忽高忽低的仪器，一步步走远了。奥格穆尼阴沉地睨了她一眼，带着机器妞朝弥赛斯走去。

多娜一溜小跑跟上他们，上气不接下气地问："你们说的那什么碎片在哪里？"

奥格穆尼指指地下。

"那为什么不直接把我们传送到地底？是为了观赏沿途风光吗？"

奥格穆尼言简意赅地说："风险太大。"随后又解释道，"沙暴产生的静电会干扰物质粒子重塑。再者，我们还没有地道的地图。"

"哦！"多娜拨了一下被风吹乱的头发，挖苦道，"地道！你们可真会逗姑娘开心！"

---

1. 指一个人在每年的特定时期对某个度假资产所拥有的使用权。

奥格穆尼心累地问弥赛斯："我们究竟为什么要带上她？"而后者此刻正绕着某一点打转，用手中哔哔尖叫的仪器探测脚下的大地。

弥赛斯说："不管加拉曼怎么想，我相信多娜和我们之间存在很多共同点，甚至多到超出了她的预期。让她参与我们的行动也是出于礼貌。"

奥格穆尼听完，烦躁地瞪着多娜。连多娜都觉得弥赛斯的解释有些牵强。她认为这样的安排不过是因为加拉曼不想看见自己而已。不过，正好，她还不想看见加拉曼呢。

"她对我们来说是拖累，不是宝贝。加拉曼脑子抽风了才会留下她。"

几秒钟后，弥赛斯"嘶——"了一声，随后喊道："哈！找到入口了！这个方向，前方五米。"

弥赛斯径直走了过去，多娜、奥格穆尼和机器妞紧随其后。弥赛斯在一块平平无奇的石头旁停了下来。这块石头和沙子同色，多娜在漫天的沙暴中几乎没看见它。弥赛斯用脚轻轻一推，那石头就打着转滚动起来。

"你身板虽小，劲儿倒挺大。"多娜又瞥了奥格穆尼一眼，"这种活儿不该让健美先生来吗？"

弥赛斯把探测仪塞进肩带上的一个小口袋里，解释道："这不需要力气，靠的是平衡力。"

随着石头慢慢旋开，一段草草凿就的沙色台阶露了出来，它逐级下降，通往黑暗的地底。弥赛斯看了他俩一眼，率先沿着台阶走进了阴影里。

5

赫努·卢蒂丝是个天才。至少她自己是这么宣扬的，而从博士目前掌握的信息来看，她的自夸几乎没有遭到任何质疑。

连利安都向博士介绍："她是我们最伟大的机器人专家之一。"而博士正忙着浏览面前滚动着信息的显示屏。

利安带博士去了飞船上的图书馆。说是图书馆，其实更像一间储藏室，里面只有一些快散架的书架和一张书桌。这里收藏了大量和赫努有关的记录与抄本，最早可追溯到十几年前赫努的鼎盛时期。

"后来出了什么岔子？"博士坐在转椅上，扭过身来看着利安。

利安耸耸肩，"有人说她疯了。"

博士点点头，说："这倒不稀罕。科学家，尤其是顶尖科学家，发疯的不在少数。"他顿了一下，看着利安，"你听说过二流科学家发疯吗？疯魔的总是天才，挺奇怪的。"

"有人说，她探索到的真相危及整个星系。"

"我猜她想说的也是这个。"博士又转回去,大声念着屏幕上的文字,"'在我们辉煌的帝国下,隐藏着一个黑暗之核,而我们却一直视而不见。若不妥善解决,暗核终将崛起,将我们的心血付之一炬。'"博士念完,看着利安,"你是怎么理解这句话的?"

利安低头沉思,双手交叠在大腿上,平静地说:"所有人都认为她说的'暗核'是机械智能。你念的那句话,出自她最后一次演讲。那次会议结束后,她的飞船就在返航途中坠毁了。"

"神秘地坠毁了。"博士指着屏幕,纠正利安的措辞。

"好吧,神秘地坠毁了。传言说,因为她说出了真相,才招来了杀身之祸。"

"怎么说呢,'真相'可不是绝对的事物。"

"可对她来说,就是绝对的。"利安接着说,"对赫努而言,万事万物都有清晰的界限,非黑即白。"

博士深吸一口气,道:"我觉得官方文件已经看得差不多了,说说你的看法吧?"

"我?"利安看起来很惊讶。

"你们追踪的那些人,多半和赫努有同样的观点。他们不仅从艺术馆盗走了一块硕大的高科技产品,还特意停留在一个跟西班牙兰萨罗特岛差不多的地方。在此期间,你们一直尾随着他们,这说明你们多少知道他们此行的目的。"

利安深吸一口气，小心翼翼地环顾空荡荡的图书馆，仿佛担心隔墙有耳。

"布尼要是知道了会骂死我的。"她内心挣扎良久，终于咬咬下唇说，"我们推测，他们在收集某种设备或地图的碎片。"

"是吗？"博士聚精会神地听着。

"赫努遭到杀害后……或者说死后，她的追随者销声匿迹了两年，其中大部分都失踪了，也许杀害赫努的凶手也对他们下了手。后来谣言四起，说赫努死前一直在进行一项研究，而且与她的领域密切相关。"

"机器人领域？"

"对。虽然赫努是人工智能领域的天才，但她自己却不相信机械智能，或者'机械造物'，随你怎么叫吧。她不相信它们是真正的'智能'。她的演讲虽然隐晦，但可以看出是在针对那些把机械智能和有机生命相提并论的人。她认为，机械智能无非模仿，但整个星系里的有机生命却为它们如痴如醉。据说，在她预见的未来中，星系里的机械种族将会崛起，屠尽所有的有机生命。"

"这就是她演讲中提到的'黑暗'？"

"大家是这么解读的。有人说他们收集的东西也和这个有关。"

博士挠挠后脑勺，说了句"有点意思"。他双目放空，盯着远处，过了一会儿说："所以那件展品可能是某种设备或定位器的一部分？就像连载杂志里的有些内容一样，帮你'分步建立防御机器人的终极工程'？这得分成多少份呢？是像《迪莉娅教你烧开水》这样的小短篇，还是像《星际迷航》那样的鸿篇巨制？"

"你说什么？"

博士笑而不语，问她："你觉得他们集齐所有碎片了吗？还是说，他们得找到天荒地老？"

"我和你一样没有头绪。据我们所知……"利安纠正了一下措辞，"我们认为，赫努死后，她的追随者慌了阵脚，于是把她留下的东西拆成几块，分别藏在星系各处，以防支持机器人的人找出碎片，把它们毁掉。"

博士听完，笑了笑，"这样啊。所以你们才按兵不动？等他们自个儿把所有碎片都凑齐，再坐收成果，把它们像活页夹一样挨个儿串起来！"

"活页夹？"

博士不在意地摆摆手，"没什么。"他突然从椅子上跳起来，吓得利安倒退一步。"妙啊！那就开干吧！"

利安还来不及说什么，博士已经朝门口走去。

头顶的巨石滚回原位，隔绝了外面的风沙和红日带来的灼人热浪。地道里温度骤降，潮湿感随即凸显。多娜嘟囔道："真心感谢您没告诉我要带件羊毛衫来。"弥赛斯从肩带里拿出一个照明仪,荧荧光线照亮了宽阔且积满泥沙的台阶,只见台阶一直延伸到地狱般的黑暗里。

弥赛斯一路下行,头也不回地说:"你们人类对温度的变化倒很敏感。"

多娜听到身后的奥格穆尼抱怨道:"某些人类才是如此。"

"至少某些人类还知道什么叫体面,不会半裸出行。"多娜说完,又问,"我们要找的碎片长什么样?"

"你已经见过二号碎片了,就是艺术馆里的那件展品。"

"哦,我知道了。所以我们要找的东西和那展品差不多?那应该不难找。不过,为什么碎片会在这儿?"

弥赛斯隐晦地说:"安全起见。"

突然,下方未知的黑暗中,骤然响起一声骇人的嘶吼,余音回荡不休,弥赛斯立刻收声。

多娜倒吸一口凉气,"听起来真是非常安全呢。"

他们不断向下走,多娜小声问:"你说这里闻起来有家的味道,你家在哪儿啊?"

"螺塔星,那是个好地方,气候干燥,漫天黄沙。"弥赛斯说完,轻轻叹了口气。

"那你是怎么和加拉曼凑到一起的?"

"几年前,我和加拉曼的一位伙伴共过事,她后来把我……

介绍给加拉曼和奥格穆尼他们,给了我一份工作。"

"原来是猎头发掘。有职位总比当临时工强,她让你做什么工作?"

奥格穆尼嘟哝道:"你问题怎么这么多?"

"因为没人回答我啊。我问题就是多,怎么了?有意见?还是你们有不可告人的秘密?"

弥赛斯轻声喝止他们:"别吵了。"

多娜问:"你不喜欢他人发生冲突,是吗?"

众人前方的楼梯向右蜿蜒开去。

"我们螺塔星人的祖先是高度群居的食草生物,暴力与冲突绝非我们熟悉的事物。"

"那这趟任务岂不是跟噩梦一样难熬?"

奥格穆尼再次打断他们:"弥赛斯不是不顾大局的人。"

"哦?所以,大局是什么?"

没人再回答她。台阶陡然到了尽头,借着弥赛斯手中的光,他们看见这里是一个类似接待室的地方,不过周围全是光裸的石头。光束掠过墙面时,多娜注意到了墙上的图案。

"那是什么?"多娜说着,拿过弥赛斯手中的照明仪。

一幅原始、粗糙的壁画几乎占据了整面墙。画上是一个巨型触角怪物,生着一只硕大的眼睛和一张血盆大口。为了让看画的人对怪物的体型有直观的感受,怪物有四条触角都缠举着矮胖的简笔画小人,其中一个小人正被触角往满是獠牙的大嘴里送。

多娜说:"别告诉我这是'内有恶犬'的意思。"

弥赛斯看得有些入迷,回答说:"或许,貜伏啼族把这个生物当成神一样供奉。"

"貜伏啼族?"

"美惠星的原住民,一种原始的类猿生物。"说完,他瞥了一眼多娜,又补充道,"没有冒犯你们的意思。"

"我……没往心里去。"

"貜伏啼应该不是问题。"奥格穆尼道,"几年前我们就渗入了他们的文化,按说,他们应当把我们看作比这个怪物更伟大的神灵。"

多娜把照明仪还给弥赛斯,问:"看来,这些貜伏啼智商不太高?"

弥赛斯点点头,"的确是头脑简单的生物。"他扫描着面前这堵墙,两只手在上面摸索着,没过多久,他轻呼一声。一记沉闷的金属声让他迅速后退。刺耳的摩擦声愈发剧烈,整个内室颤动起来。光芒照着簌簌落下的沙子,墙体的一部分随即旋开。

他们继续向星球的腹地进发。多娜问:"既然你们已经驯服貜伏啼族,让他们将你们奉为神明,为什么还要带机器人呢?"

"以防万一。"弥赛斯的目光飞快地掠过墙上的触角怪物。多娜看着弥赛斯,再看看那个沉默而强大的机器人,心里暗暗琢磨——如果被塞进那张血盆大口的简笔画小人的体型和人类差不多，就算他们带了机器人，也未必打得过。

利安和博士回到控制室时，布尼不知去了哪里。只见凯莉克朝博士笑笑，说："博士，虽然我不知道你对传感器做了什么调整，但我们竟然接收到了来自美惠星地底的信号。"她的语气里满是欣赏之情。

"太棒了！有什么发现？"

凯莉克示意他自己过来看。

"嗯……"博士若有所思，"这个信号倒是眼熟，我也算清楚情况，否则我也不会说得这么肯定——它的能线图和那件被盗艺术馆展品的差不多。还有这个信号，这儿，跟多娜和碎片被传送走时留下的能量特征非常相似。"

凯莉克点点头，随后突然意识到了不对——博士怎么会得知碎片的事情？她犀利的目光刺向利安。博士看到后，无所谓地耸耸肩，"利安跟我讲了赫努和她追随者的事。"

凯莉克有些不安地说："是吗……布尼知道了会很高兴的。"

"高兴什么？"布尼的声音突然传来，所有人循声看去。只见他站在门口，冷硬的脸上挂着不悦。

利安上前一步，坦白道："我跟博士说了赫努的事，还有我们关于对方计划的推测。"

布尼爆发了:"你都干了什么?!"

"别责怪利安——"博士想要为利安说情,但布尼挥手让他闭嘴。

这时,凯莉克忽然说:"布尼!是我们把他带上船的!而且传感器经他调整后收效惊人,你过来看看吧。我们接收到了一组信号,它们和艺术馆里的二号碎片的信号十分相似。"

布尼无言以对。尽管他眼中的怒火还没褪去,但终究没再说什么,转而径直走过去察看信号。

博士问:"所以,这就是三号碎片?你们知道这玩意儿一共有多少吗?虽然我寿命长,但我可不想把未来的四十年都耗在他们身上,用来跑遍宇宙收集其他碎片什么的。"

"没错,"凯莉克边说边观察着布尼的反应,"我们认为这是三号。二号碎片就是艺术馆里那件。一号碎片则是在混沌星[1]的森林里找到的。"

布尼的脸色很难看。

博士沉思了一会儿,说:"嗯……可惜我之前没机会好好研究一下二号碎片,不然兴许能猜出这些碎片能拼出个什么来。"他顿了一下,"既然经我改良的传感器让你们检测到了三号碎片,不如我们把自己传送下去,趁他们没把东西带走,好好看看?"

---

1. 原文Chao源自Chaos,该词为希腊神话中"混沌之神"卡奥斯的名字。在希腊神话中,一切从"混沌"开始。

博士看着众人，期待地扬起眉毛。稍后，他把手插进口袋里，补充道："我知道你们已经打定主意，等他们集齐碎片后再一网打尽，但为什么我们不能偷偷看上一眼呢……不把东西拿走，就看一小眼……"

凯莉克的神情表明她并不反对这个主意，但利安却摇了摇头，"耀暗之徒一个小时前就进入了轨道，他们不会白白坐在那里浪费时间。既然传感器检测到了传送的痕迹，那就意味着他们已经派了发掘队下去——美惠星大气层中的静电干扰过强，要是打算像之前在艺术馆里那样，不用信号增强器就直接传送碎片，是不可能的。他们勉强能把自己传送到星球表面，然后就只能亲力亲为了。"

博士貌似无意地低头打量着地板，说："嗯，你们要是同意让我改良一下你们的粒化传送机，说不定也会有惊人的效果呢。然后我们就可以传送下去，看一眼，再神不知鬼不觉地离开。"

所有人的目光都聚集到了布尼身上。他是这支七拼八凑的队伍的领头人，他们会听他的号令——至少大部分时候如此。

博士露出狡狯的笑意，"别告诉我，你们对他们的计划不感兴趣。万一我们在他们拼好那玩意儿之前就猜出了它的作用，就更有胜算了吧？"博士迎上布尼的目光，说："来吧！别畏首畏尾的！"

前方又传来一声骇人的吼叫，多娜不由自主地一缩，还紧紧地抓住了弥赛斯。当然，这个动作让多娜懊恼不已。她缓缓问道："你们对那家伙——或者说那怪物——了解多少？你不是说你们以前假扮成神，造访过这里吗？所以，你们应该见过吧？"

弥赛斯的眼睛被光线映得闪闪发亮。他说："倒是……没亲眼见过。"

多娜给了他一个大白眼，"所以，据你们了解，那个怪物会躲在某个角落，等我们一过去，就像壁画里那样把我们塞进嘴里？"

奥格穆尼说："机器人会保护我们的。"多娜越过他的肩膀，看了一眼那沉默不语、面色淡漠的纤瘦金发机器人，"我不是质疑你啊，健美先生。但你要是觉得靠她……靠它就能打败那么大的怪物，那可真是异想天开。"

"我还有这个，"奥格穆尼举起一根纤长的银管，"热射枪。"

多娜稍稍松了口气，问："这是太空用枪的高级叫法吗？"

弥赛斯没说话，但他看到奥格穆尼拿出枪时的表情也并不惊讶。

多娜想了想，指指机器人说："不如让金发美女打头阵？"

弥赛斯考虑了一下多娜的建议，挥挥手让沉默不语的机器人走到了前面。

多娜看着走在最前面的机器人，对奥格穆尼耳语道："你喜欢这种类型，是吧？人狠话不多。"

奥格穆尼张口想说什么，却被一声号叫打断了。这声号叫听起来近了不少。

走在第二位的弥赛斯后退几步，让奥格穆尼上前，跟在机器人身后。

然后，在电光火石间发生了什么，多娜一时竟难以说清——只听一声可怕的怒吼打破了黏湿地道里的寂静，某种巨型黑色生物从侧道窜出，瞬间击倒了机器妞，砰的一声将它甩向了对面的岩壁。幽深的黑暗中，只有尖锐的金属擦刮与撞击声在不断回荡。

奥格穆尼迅速回撤，照明仪脱手跌落滑过地面，像惊慌失措的萤火虫。多娜被他撞倒在弥赛斯身上。

等多娜的眼睛适应了突如其来的黑暗，却见机器妞的半张脸当啷一声掉落在地，里面的结构闪烁着微弱的光芒。

"退后！退后！"弥赛斯大喊。他推开多娜，三条腿跑得飞快，把奥格穆尼一个人留在原处。

多娜模模糊糊看到几条触角挥舞着钻进了地道，连忙大喊："开枪啊！"

然而，吼叫声骤然减弱，多娜越过奥格穆尼看到怪物的触角消失在地道入口。机器妞脊椎弯折、瘫倒在地。它转过头看向他们，头部的电子线路随即爆出噼啪的火花。尽管它只是一个机器人，多娜还是动了恻隐之心。眼前的惨状让她忍不住喊道："救救它吧！"

她看向弥赛斯，却在他脸上见到一副不可置信的表情。

"救救它！"多娜再次请求道。她的声音小了些，但怒气更盛。可这一次，弥赛斯直接忽视了她。

奥格穆尼捡回照明仪，在它身上照了照，咕哝道："不过是个机器人而已。"

多娜不敢相信他们竟如此冷漠，"它受伤了！"

奥格穆尼纠正道："它损坏了。"

多娜怒视着他，说："帮我盯着那个怪物，把枪准备好。"她趁其他人还在愣神的时候，将背抵在机器人靠着的那面墙上，蹑手蹑脚地蹭过去。机器人内部零件运行的声音听起来仿佛有些可怜。

多娜壮着胆子向下瞟了一眼，说："别担心，你不会有事的。"

然后，她听到奥格穆尼难以置信地对弥赛斯说："她想干什么？"

多娜回答他："我想救它。"她竭力克制着自己声音的颤抖。怪物随时都可能回来，多娜回头看了一眼，奥格穆尼还守在她后面。

多娜轻声问："你怎么样？"她意识到，这很可能就是当初听从加拉曼的命令要捏断她手指的那个机器妞。奇怪的是，她现在觉得这些都不重要了。多娜满怀同情地看着它咯拉作响、不时闪出火花,将颤巍巍的手臂努力伸向自己,不由暗想:"我得温柔点。"

片刻安静之后,多娜忽然清楚地听到那怪物在黑暗中发出一声令人心惊肉跳的低吼。她跳起来,推着奥格穆尼和弥赛斯迅速后退。地穴中突然拥出一个扭曲的黑色身影,它不断拍打着墙壁,在卷起的灰尘里,朝他们袭来。

多娜大喊:"快走!"她希望奥格穆尼的枪能派上用场。怪物的触角四处拍打,甚至从照明仪旁一掠而过,她都能感觉到触角带起的疾风。

奥格穆尼把多娜推到一旁,举起手中的枪。多娜冲他喊:"开枪啊!"只见枪的前端闪过一道深红色的光芒,接着,他们听到上方传来怪物凄厉的惨叫声。

弥赛斯惊呼:"你伤到它了!"

多娜嚷道:"可不是吗!就是要打它啊!"

奥格穆尼又开了一枪,中枪的怪物痛苦地哀号着。

多娜说:"继续打。"

弥赛斯略带哭腔地说:"也许它已经伤得够重了。"

"只要它还能叫,就得继续挨打。"

"我不喜欢这样。"弥赛斯的声音里透出焦虑来。

那怪物渐渐安静下来,不知是死了,还是在舔舐伤口。

弥赛斯摆弄着探测仪，仪器的冷光从下方映着他的脸，也映出了他不断颤抖的双唇。多娜问："还有别的路吗？"

"就这一条路，那怪物显然是守卫。"

"所以，我们要么再闯一次，要么就只能返回舰上？"

奥格穆尼说："不行，找不到碎片绝不回去。"说完，他看着弥赛斯的眼睛，掂掂手里的枪，对他说："别那么优柔寡断，热射枪既然能伤它，就说明它不是铜皮铁骨。"

多娜说："它不是，可我们也不是啊。"

出于谨慎，他们打算回到机器妞倒下的地方。奥格穆尼打头，弥赛斯断后。走着走着，多娜踩到了什么东西，她拿着照明仪凑近一看，见到了一截烧得焦脆的触角。

奥格穆尼也看见了，说："希望它能长点儿记性。"

多娜说："是哦，但也可能是火上浇油了。"

当他们重新回到机器妞身边时，它头上的破洞仍不时闪着火花。那怪物则悄无声息。

"帮个忙！"多娜边喊，边将一只手伸到破损的机器人身下。她回头一瞥，见奥格穆尼正全神贯注地盯着怪物之前出现的地方。没人过来帮她。

她问机器妞："你还能说话吗？"它颤抖着手臂，转过那张只剩一半的脸看着多娜，断断续续地说："基－基－基本功能受－

受-受损。"它的声音沉闷刺耳,和它靓丽的外表全然不配。

尽管它是标准的零号身材,但多娜还是无法将它扶起来,只好问:"你能站起来吗?"

"发-发-发动机功能失效。"多娜仿佛从它的声音里听出了几分悲伤。她怀疑自己想多了。毕竟对方只是个机器人,它们是不会悲伤的。

这时,弥赛斯提醒她:"我们得走了。"

多娜把手从机器人身下抽出来,问弥赛斯:"我们能用粒化传送把它送回去检修吗?"

弥赛斯说:"这里太深了。而且,我们只有一台增强器。"

"一台什么?"

弥赛斯拍拍肩袋,说:"粒化传送增强器。等我们找到碎片后,需要靠增强器才能让加拉曼锁定它的位置,不然我们得自己把它拖回地面。"

"不能……用在它身上吗?让加拉曼再传送一台增强器过来。"

奥格穆尼挤过来,在多娜反应过来之前,用热射枪瞄准机器人,毫不犹豫地扣动了扳机。机器人的头部滋滋亮起,随后如风中余烬般彻底归于沉寂。它垂下头,身体无声无息地瘫在墙上,彻底没了生气。

多娜阴郁地说:"你杀了它!"

奥格穆尼纠正道:"它只是一个破损的工具,还拖慢了我们的进度,尤其是你的进度。"

多娜站起来,勉力压抑着胸中的怒火。她不在乎奥格穆尼的块头几乎是她的一倍,也不在乎他手中的枪,她只是直直盯着奥格穆尼,一字一顿地说:"你们本可以修好它的。"

奥格穆尼斥道:"我们还有别的机器人。快走!"

"我不走又怎样?你要连我一起杀吗?"多娜毫不退缩,直接与他杠上了,"开枪啊,大块头,你还犹豫什么?"

弥赛斯赶紧出手调停,"他不会杀你的。你是有机生命。我们不会杀害有机生命。"

"是哦。"多娜毫不动摇地看向弥赛斯明亮的眼睛,"你们只会要挟人家,捏断别人的手指,是吧?"

弥赛斯一声不吭地转过身,仿佛耻于承认多娜的指控。奥格穆尼不耐烦地叹了口气,挥挥照明仪,大步走向前方。多娜瞪着他的背影看了一会儿,转眼看着弥赛斯,说:"你挑同伴的眼光,真令人叹为观止。"

多娜最后看了一眼死去的机器人,走进了地道。

6

博士和利安经过传送,出现在黑暗的地道里。利安对他说道:"你心里应该很清楚,这么一来,布尼不可能再舍得放你走了吧?"

博士愉快地说:"就因为我升级了粒化传送机?那又不值一提!"

利安强调道:"可升级后的传送机能直接把我们送进地道里。"她将照明仪递给博士,"你可真是个宝。帮我们升级了粒化传送机,也提高了传感器的感应度……你还有其他独门绝技吗?"

"跟我在一起的时间长了,你们自然会慢慢发现的。话说回来,如果我不这么做,布尼也不会同意让我和你们一起下来。"博士抬起头,看了看一旁身形高大的"妈妈",问道:"你感觉怎么样,'妈妈'?"

"妈妈"低头朝他看去,它体内的零件发出轻微的嗡嗡声。在它冰冷的钢制面罩后,一双眼睛发出红光。

博士思忖片刻,一本正经地说:"我对红色的看法有所改观——它真的极不适合出现在眼睛里。毕竟,你可能没见过发疯的渥德人[1],对吧?"

"妈妈"硕大的头颅嗡嗡作响,它没有回应,只是安安静静地看着博士。

利安小声说:"最好不要招惹'妈妈'。"

"不会吧?我倒觉得它是面冷心热。"博士扭头对"妈妈"眨了眨眼,"对吧?"

回答他的只有沉默。博士耸耸肩,随意晃了晃手中的照明仪。

"行了,我们走吧![2]"博士刚兴奋地说完,又猛然停下脚步,"这里闻起来像是有人开了场烧烤大会。走吧,看看去!"

他大步流星地走在前面,利安和"妈妈"紧随其后。

博士一边顺着光线前行,一边在心里琢磨:"妈妈"的金属身子如此庞大,移动起来居然没什么声响。不过,鉴于他们此刻正在这条外星地道里潜行,这倒算得上优势。更何况,在这里面的可不止他们几个。

耀暗之徒比他们早到这里一个小时。虽然对方没有改良粒化传送机,只能将人传送至地面,令其自行进入地道,但博士一分一秒也不想浪费。他希望多娜还在对方舰上,然而,一旦耀暗之徒察觉到他此行的目的,并在他找到他们之前逃之夭夭,他可能就再也追不回多娜了。当初是博士提议来仙女星系的,如今他开

---
1. 详见新版《神秘博士》第四季第三集《渥德星球》。
2. 此处为第十任博士的口头禅——法语"Allons-y",意为"我们走吧"。

始怀疑,自己是不是做了个错误的决定。

他们在黑暗的地道中走了不到二十米,最前面的博士突然停了下来。他抬手指着前方,说:"天啊!这是把谁给烤了?"他拿照明仪往前照了照,只见前方一块还冒着烟的巨大残骸几乎堵住了整个地道,熏烟打着旋儿上升,聚集在通道顶部。博士抬手掩住了口鼻。

利安走过来,问:"这是什么东西?"

"我想是某种动物……确切地说,它'生前'是某种动物。我看,如果不是它自己玩火自焚,就是有人为了不让它碍事,对它痛下杀手。我们怕是救不了它了。"

他们静静地绕过烧焦的残躯,同时竭力避免吸入焦肉的气味——在得知真相前,这气味倒是诱人,可现在看来,它全然失去了吸引力。"妈妈"没有像博士和利安那样心生不适,结结实实地从尸体上踏了过去。博士听到,它巨大的铁脚从残骸上碾过,发出吱哇的声响。

走过怪物的巢穴后,地道陡然收缩——博士和利安略微低头便可通过,"妈妈"却不得不变换形态:它伏下身,四肢着地,像头硕大的金属牛一样跟在他俩身后。

走着走着,博士的注意力忽然被正前方的景象攫住了——一具烧焦的机器人残骸瘫倒在墙边。

"这里发生了什么?"博士低呼一声,迅速在机器人身边蹲下了。他戴上眼镜,将机器人烧融的头部捧在手里,像医生检查病人的颈椎一样,来回转动察看。

"还是温热的。"博士头也不抬地说道,"从武器留下的痕迹来看,这也是杀害前面那生物的东西造的孽。你看。"说着,他把手中半融化的脸转过来,让利安仔细看看从窟窿里透出的损毁电路。利安身后的"妈妈"在黑暗中发出一声几不可闻的哀鸣。

"难道是耀暗之徒?"利安说完,连忙四下照照,却没发现任何动静。

"估计是。从那怪物死去的惨状来看,我想这地道未必是它挖的。所以,那怪物要么是入侵者,要么是宠物……或者某种守卫。可能耀暗之徒撞上了它,就动手杀了它。"

"那个机械造物呢?"

博士耸耸肩,"可能耀暗之徒开枪时,它刚好在那怪物身边,所以受到了牵连?"

博士解开机器人的衣服,挥着音速起子,没过几秒,就连通了它胸腔里的电路。片刻之后,他说:"回天乏术了。我本以为能找到一些生命迹象或备用电路之类的。"他叹息一声,站起来摘掉眼镜,"但什么都没有。"博士回头看着依旧匍匐在地的"妈妈",它低头看着死去的机器人,"节哀,'妈妈'。"

"妈妈"又发出一声哀鸣。博士分不清它是在回应他,还是在表达伤感。不过,他忽然灵机一动……

多娜想知道,他们还要走多久。在遇上触角怪、销毁机器人后,他们好像已经沉默地走了好几英里。一想起那遭到销毁的机器人,还有弥赛斯和奥格穆尼那满不在乎的态度,她就愤懑不平。在"暗意之光舰"里,多娜就知道他们不喜欢机器人了。正如加拉曼所说,机器人只是工具而已。虽然这件工具,很可能也是当初要捏断她手指的那个,但是……就这样放弃它,似乎不太道德。毕竟他们明明可以把它传送回去检修。也许,是自己太敏感太天真了吧?在此之前,多娜接触过的为数不多的机器人都很不友好,不是要绑架她、杀掉她,就是要扯坏她的衣服。或者,就像阿拉拉星球上的铜制神像一样粗鲁无礼。这么一想,也许加拉曼说得对,机器人终归是机器,那些表面上的人性、智慧、知觉能力或别的什么,都是假的。光靠电路、齿轮和金属拼凑出的东西,怎么会有感情呢?

奥格穆尼像史泰龙扮演的兰博一样,拿着照明仪、举着热射枪为队伍开道。多娜暗想,他可真是个四肢发达的大块头。他们至今没发现任何原住民——也就是玃伏啼——的踪影,多娜怀疑,他们是不是已经进了那触角怪物的肚子。

"啊,"弥赛斯忽然打破了沉默,吓了多娜一跳,只见他低头看着发光的探测器屏幕,说,"就快到了。"

多娜忽然听到前方高处传来吱吱的叫声和窃窃低语。她浑身紧绷,担心又有一只触角怪扑上前来。不过,他们转过弯后,却站在了一个宽阔的石台上,下方则是一间宽敞的圆形洞室。

洞室宽逾百米,如露天剧场般环绕着几圈圆形阶梯。它与地道穴壁一样,都由砂岩凿成。洞室各处三三两两地蹲着猴子般的生物,仿佛有好几十只。它们形似黑猩猩,但手臂更短更壮,头肩部覆盖着红铜色的长毛,一直垂到背部。

"咦?哪儿去了?它应该就在这里呀。"弥赛斯的失望之情溢于言表。他低头又看了眼探测器,声音微颤,"嗯……那个方向,一百二十米。"他的右手虚虚一晃。

奥格穆尼问:"怎么会不在这儿?不应该啊,我们明明把它摆在这里,让他们好好供奉的。"

多娜推测道:"也许人家供奉腻了呗,反正它也不会显灵。"

弥赛斯担忧地摇摇头,"可他们当初明明很兴奋。对碎片、对我们都充满了敬畏。"

奥格穆尼说:"也许他们为了妥善保管,把它锁了起来。"

"但愿如此。"弥赛斯颤抖的声音中,浮现出了一丝焦虑。

如果他们当初多做一些调查,就会发现,獯伏啼族有信仰收集癖——就像有人有陶瓷装饰品收集癖,有人有英国女王画像收集癖一样。

对獯伏啼来说,同时具有两三个信仰是家常便饭,尽管它们经常互相矛盾。不过，他们倒也不是真心信奉，毕竟玃伏啼这么聪明、理性，不会真的相信神秘莫测、看不见摸不着、全知全能的神（或众神）会关心他们这种微不足道的生物。

然而，玃伏啼们得出了这么一个结论——老练和才智的巅峰，就是相信毫无根据的事物。

在他们看来，有理有据的事物谁都会信。比如，看到东西落在地上，就会相信引力；看到太阳发光发热，就会崇拜太阳的力量；看到自己最好的朋友因没有及时逃走而被怪物吞掉，自然就会臣服于凶猛的神庙怪物。但是，只有非常与众不同的生物，才会在全无证据的情况下，相信某些事物。

因此，自认在各方面都与众不同的玃伏啼族，不断寻找着新的信仰、新的仪式、新的供奉对象、新的不知所谓。

两年前，当四个外星生命宣布"我们，是你们的新神——而你们，将崇拜我们！"时，他们几乎喜极而泣。

这四个外星生物中有三个都是两条胳膊两条腿，无趣得很；但第四个很有意思，他是三手三足！他们说："我们获悉，玃伏啼族是对神灵最热情的物种。"

当他们在地下城的中央广场作宣讲时，玃伏啼们欢呼雀跃、兴奋不已。他们心想：终于不用自己编了，这次，神们自己送上门来了！其实玃伏啼心里清楚，这些不是真的神灵，但他们可不会提这一茬——万一把神气走了呢？

他们曾经争论过，来者是否真是神明。但按照矍伏啼的逻辑，他们只相信没有根据的事物。而对方既然现身，就足以证明他们是切实存在的，因此也就不足为信。但，也有这样的说法——自称为神，不代表真就是神。激烈的争论持续了一个星期后，某个矍伏啼终于一锤定音：就算怀疑，要信奉对方也不是不行——这可是非常令人振奋的进步。至少，他们大可以先这么信着。

对方竭力模仿真正的神明说话的腔调，用低沉有力的声音继续道："我们为你们带来了'耀眼黑暗教'！"

矍伏啼们爆发出阵阵欢呼。他们根本不知道那是什么，只觉得光听名字就心潮澎湃了——耀眼黑暗。他们敬畏地咀嚼着字眼：黑暗，竟然能耀眼！太酷了！

"我们应该做些什么呢？我们怎样才能取悦您？"掌管"今天信什么"的大祭司恩痴卡谦卑地弯下腰问道。

那个三手三足的生物回答道："哦，虔诚的信徒，耀眼黑暗之神需要你们的帮助。"他举起一只手，指向天花板道，"我们在天上与邪恶力量作战。这是一场关乎有机种族存亡的战争。"

矍伏啼们又爆发出一阵欢呼和尖叫。他们连"有机种族"是什么都不知道，但这个词听起来就很高深。对方还提到了"战争"——还有比战争更激动人心的吗？它包含了斗争、哀鸣，甚至杀戮。虽然，原则上来讲，矍伏啼族并非热衷杀戮的物种，但如果那是场壮观、夺目的杀戮，就另当别论了。何况还有"天上"……獾伏啼们对这个概念颇为偏爱,因为这也是一个没有证据的事物,这意味着你怎么说都行,没人真能反驳。

"我们要怎样帮助您?"恩痴卡问。

三条腿的生物用更振奋的声音继续吟诵道:"哦,虔诚的信徒们,你们纯粹而强大的信仰,使我们的敌人永无勇气侵犯你们的城池。因此,我们将把'圣品'托付给你们……"

后来,獾伏啼知道说话者名叫"弥赛斯"了。他话还没说完,就被他们排山倒海般的欢呼淹没了。真是绝了!再没有比圣品更好的了。你可以展览它、崇拜它、亲吻它,谁想触摸它就向谁收费。还可以把它藏起来,只允许大祭司们瞻仰,为其平添一层与众不同的色彩。如果遇上麻烦,还可以把圣品弄丢,再用多年的艰苦求索把它找回来——虽然,獾伏啼通常走不到那一步,因为往往还没等到那个时候,他们已经转移了注意力。

显然,獾伏啼的反应深深取悦了来者。几小时后,来者就从天上取来了一个巨大的圆形物体——尽管獾伏啼知道对方不是从"天上"来的,只是坐着一个大金属盒子在天空中飞而已。但,他们认为,还是别让对方知道自己其实知情比较好。无论如何,那金属硬壳上嵌着闪闪发光的晶体,"圣品"果然名不虚传!

獾伏啼又是鞠躬,又是呢喃,又是号哭,帮对方将圣品安放在中央广场的石柱上。放置好的圣品美不胜收,在四周装上火把后,更是光芒四射。美中不足的是,有一丝丝俗气。

弥赛斯庄重地说:"信仰我们,耀眼黑暗。"

獶伏啼们双手挥舞着火把,声嘶力竭地叫喊。他们可喜欢对方了。

对方承诺,将在"合宜之刻"取回圣品。然而獶伏啼族旧习难改,就在对方返回天上几周之后,一个獶伏啼在墙上发现了一道与夜空中的星座极其相似的裂缝。于是,"拜碎星教"就此诞生,耀眼黑暗的圣品被拖下石柱,扔在杂物间里,再也无人过问。

当有人来报,说弥赛斯——或者某个神似弥赛斯的家伙——与两个同伴在地下城的通道里前行时,恩痴卡才意识到,对方回来了。他们似乎已经闯过了神庙怪物那关,马上就要到达集会广场了。恩痴卡对此并不惊讶,毕竟那神庙怪物虽然动静大,却外强中干。说实在的,他们本想就这么把神庙怪物饿死,因为每个派去给它喂食的獶伏啼都被它杀了,愿意去的人自然也越来越少。

恩痴卡眼疾手快地抓住一个下属,悄声问道:"那东西我们还留着吗?"

娜露琦奥略带迷茫地问:"留着什么东西?"她一边回答恩痴卡的问题,一边整理羽毛头饰——在此之前,有传言说,一只鸡预言世界末日即将到来,獶伏啼听说后便杀了它。他们把它开肠破肚,想要寻找预言的证据,又决定供奉这只"预言神鸡"。当然,他们供奉的是残骸。不过,它的大部分都用来装饰娜露琦奥红铜色的长毛了。

恩痴卡略带惊慌地说:"那个!燃烧阴影的圣物。"

"哦,你是说耀眼黑暗?"

"对,差不多。我们把它放哪儿了?"

娜露琦奥耸耸肩,就着一只光可鉴人的碗打量着自己,"我们没有把它放进橱柜里?"

"那就找出来!"恩痴卡打断她,一把夺走娜露琦奥的头饰,举得高高的不让她拿到,以此逼她去找那个车毂辘一样的东西,"如果他们要取回圣品,却发现我们把那玩意儿扔进了杂物间,恐怕要大发雷霆,认为我们糊弄他们。"

娜露琦奥盯着她的头饰,没好气地说:"他们能拿我们怎么办?"

恩痴卡紧张地说:"不知道。他们不是神吗?可能会一拳打扁我们、让我们生疖生疮或者长满虱子跳蚤……"

娜露琦奥伸手打断他,"懂了懂了,我马上派人去办。"

"不,"恩痴卡坚决地说,"你亲自去。他们已经到了,我们用盛宴和舞蹈也糊弄不了多久。"他黄色的眼睛紧盯着娜露琦奥,"如果他们要祭品,你应该很清楚谁会第一个被送上去吧?"

娜露琦奥一溜烟儿地跑了。

多娜他们发现,自己虽然隐在石台入口,却还是被矍伏啼看见了。多娜问："所以，谁去把东西要回来啊？"

弥赛斯心累地叹了口气，向前迈出一步。这时，五六个獥伏啼迅速站起身，指着他们窃窃私语。

多娜和奥格穆尼也跟着他走到石台边缘，这让獥伏啼们兴奋得上蹿下跳。长长的毛发像劣质假发般随他们的动作飞舞。多娜感觉自己像来到了一场糟糕的长发歌手雪儿模仿会。

弥赛斯把仪器举在身前，说："虔诚的獥伏啼族！"这个仪器可以增强接收到的声音，并将其放大，扩散至洞室的每一个角落。连多娜都为此一震。

獥伏啼瞬间安静下来，抬头看向他们。

"虔诚的獥伏啼族！"弥赛斯又说了一遍，渐渐进入了角色，"你们的神回来了！"

他故意停顿了一下。然而獥伏啼们没有任何反应。即使站得那么高，多娜也可以清楚地看到，獥伏啼们又小又黑的眼睛彼此对视着。

多娜顿时有种不祥的预感，"这个时候，他们不是应该跪下号啕大哭，或者掌声雷动吗？"

弥赛斯又重复了一遍，只是这次听起来少了几分神的威严："你们的神回来了，来取回几个月前托付给你们的圣品。"

奥格穆尼尖酸地纠正他，"美惠星没有卫星，没有'月'。"弥赛斯睨了他一眼。

多娜也添乱地补上一句："看起来也不像有圣品的样子。"

弥赛斯把仪器从嘴边拿开,说:"要不你们来?"

奥格穆尼双臂抱胸,"他们对你比较熟。"显然,他不想在这场荒诞的闹剧中扮演任何角色。可弥赛斯似乎也开始退缩了。

多娜一把夺过仪器,"拿来吧,你们太不专业了!"

弥赛斯想拿回设备,但为时已晚。多娜站直身体,举起仪器,大声质问道:"你们的大祭司在哪儿?把大祭司带上来!"放大后的声音陡然炸响,多娜微微瑟缩了一下,矍伏啼们也吓得一抖。

多娜移开仪器,嘴角微动,低声问道:"他们有大祭司吧?"

弥赛斯点点头,抬起胸口正前方的手,指向一个矍伏啼。

只见,一个头戴羽毛饰品的矍伏啼领着一个毛发在头顶盘作花苞状的矍伏啼走进了洞室中央的广场。其他矍伏啼见状,谦卑地跪下了。

弥赛斯不满道:"我们怎么没这种待遇?"

花苞头的矍伏啼说:"欢迎!我是恩痴卡,掌管'今天信什么'的大祭司。敢问您是?"

多娜高声回答:"我们是你们的神!我们为取回圣品而来。"她怕描述得不够具体,又补充道,"大而圆的那个圣品。"

恩痴卡说:"啊,那个啊。"

多娜有种强烈的预感,事情不会如预想中那般顺利,"对,就是那个。"

恩痴卡的目光有些躲闪,"我们,嗯,我们把它妥善保管起来了。"

"做得很好,恩痴卡。我们非常欣慰。"多娜说完,扭头对弥赛斯笑笑。装神?还不是小菜一碟!

恩痴卡说:"只有一个问题,我们已经有其他神了。"

"你说什么?"说完,多娜意识到自己没对准扩声器,于是重复道,"你说什么——什么叫你们'已经有其他神了'?"

恩痴卡骄傲地指了指他身边的石柱。多娜眯着眼睛仔细瞅了很久才看清,石柱顶部放着少许类似鸡骨头和羽毛的东西。

恩痴卡恭敬地介绍道:"这是预言神鸡。"

"什么东西?"

"预言神鸡。我们在它的遗体中看到了未来。"

"你逗我呢?"

弥赛斯在她耳边嘶声道:"庄重点!拿出点儿神该有的样子!"

多娜清清喉咙,说:"神很愤怒,你们不应信奉其他神灵。"

恩痴卡尴尬地耸肩,"这个嘛……您也能明白。万物更替,新神现身……"

多娜忽然斩钉截铁地说:"你们的鸡是伪神。"她逐渐摸到了装神的窍门。

恩痴卡忽然眼睛一亮,问道:"真的吗?它是伪神?"

"是的——背弃将触怒真正的神。"尽管多娜在做戏,但她玩得挺开心。她庄严地说:"你们的神心怀慈悲,但也会降下雷霆盛怒。"

下面的矍伏啼窸窸窣窣地交头接耳,多娜分不清这是好事还是坏事,她怀疑是后者。于是,她暗想——来吧,跟这只神鸡杠上了!

"预言神鸡是伪神,你们必须摒弃它。"

她听到奥格穆尼在身后叹了一声。

恩痴卡略带歉意地说:"可您是旧神……我们毕竟得向前看。矍伏啼族看重的是未来,而非过去。"

"亲爱的,这两个家伙或许是旧神。"多娜扭头看看弥赛斯和奥格穆尼,然后说,"我可不是。我是你们的新神——新女神。"多娜动作夸张地从头到脚亮了个相,"你们可看好了!"

交头接耳的声音更大了,多娜注意到,有些矍伏啼开始捣鼓自己的毛发。他们的毛发也是红色的。

多娜大声呼喊道:"是的!看着我吧——在你们面前的正是多娜。"她上前一步,像洗发水广告里那样甩了甩头发,"瞩目于我——我正是红发女神!"

"红发什么?"博士惊讶地问利安。他瞪大眼睛,一副难以置信的模样。

博士二人躲在石台另一端的小入口处，目睹了整个过程。为了不被猰伏啼发现，他俩一直趴在地上。"妈妈"依旧四肢着地，躲在他们身后的阴影里。

他们遇到损毁的机器人后没多久，就听到多娜和同伴斗嘴内讧的声音。于是他们设法躲在暗处，并发现了另一条路。虽然绕得远了些，但他们还是来到了多娜一行人所在的石台上，不过是在圆的另一头。

"她在假扮女神。"利安的声音里也充满了疑惑。

博士咧嘴一笑，"一定是在跟我一起旅行时学来的。他们从我身上受益良多。"

"我们不去找碎片吗？我以为这才是我们的任务。"

"我们先静观其变。如果她说服猰伏啼去取碎片，我们可能会在偷窥的途中被抓个正着。到时候再搬出神明这套说辞，他们可就不一定买账了。"

恩痴卡激动得心都快跳出来了。

说实话，他一直没法对预言神鸡全情投入。它确实让猰伏啼们忙活了几周，但，一只鸡的遗骸，能给他们留下多大的创作空间呢——鸡骨头的排列方式就那么几种，鸡毛能做成的头饰也就那么几样。

没人预料到这个"耀眼什么"之神会再度返回。在此之前，确实有其他外星神灵造访过两次,但他们都没留下任何东西,也没再回来过。因此,那时他们也没指望这些神会去而复返。恩痴卡犯起了嘀咕,当初若多考虑一会儿,就不难发现一个浅显的道理:无论是谁——尤其是神——都不会随意把圣品这样的大物件丢下,并在声称将其托付给你后,不管不问,就此消失。在红发女神出现之前,恩痴卡还指望对方能离他们远远的。他可不知道圣品现在状况如何,而且,它若是磕了碰了,想必对方是不会高兴的。

但眼前这位多娜——这位红发女神,代表着全新的可能!她有着和玃伏啼族类似的毛发。虽然多娜的头发颜色更深、形状更卷,但也相当接近了。玃伏啼族终于能借她大展身手了!

"红发什么?"奥格穆尼在圆的这头,也问出了博士的问题。

"嘘!"弥赛斯连忙制止他,"看!他们鞠躬了——他们信了!"

果不其然,弥赛斯和奥格穆尼眼看着他们开始吟诵——开始只有零星几句小声的吟诵,而后,声音越来越大、吟诵者越来越多。他们颂道:"红发女神万岁!红发女神万岁!"

弥赛斯注意到,大祭司对头上戴着羽毛的玃伏啼耳语了几句,后者随即一把扯掉头饰扔在地上,冲出了洞室。

多娜有些陶醉了。当然,这种小心思她是绝对不会告诉别人的。世上有几个人能成为女神呢?更何况是姜红色头发的女神。多娜活了这么多年,每次听到别人议论或调侃姜红色头发[1],都只能勉强笑笑。有时她会回敬几句,但有一次,人家把她比作金霸王电池,她直接甩了那人一巴掌。她打心底里不喜欢这种调侃。她小时候的发色更艳,几乎和獯伏啼族一样呈红铜色。她受够了无情的嘲笑。妈妈总是劝她,别那么敏感(妈妈,你的建议很一般啊!);爸爸总是安慰她,红发小孩(他从来不提前面那个"姜"字)都是独一无二的。但怎么个独一无二法呢?他不曾解释,不过多娜还是很感激他。

如今她身处外星,恰恰因为这一头姜红色的头发被奉为神明。要是爸爸和爷爷奶奶能见证这一幕该有多好,他们就能看看,正是这一头姜红色的头发才让她变得独一无二!有那么一瞬,她还傻傻地希望妈妈也能在场……话说,弥赛斯的肩带里有没有录像机啊?

下方的吟诵声已经大得有些离谱。他们热烈地高呼着"红发女神万岁!",恐怕贝克汉姆都没见过这阵仗!

气氛原本非常融洽,直到弥赛斯在身后轻咳一声,多娜才想

---

[1]. 在西方某些观念或刻板印象中,姜红色的头发会遭到嘲笑甚至歧视。

起此行的正事。她需要把玃伏啼的崇拜化为优势，帮助自己拿到那件宝贝碎片。

她抬起手，满心希望自己的举止真的符合女神的形象。下方的吟诵声渐渐弱了下去。

她凑近扩声器喊道："我的子民！我虔诚的子民！"

下面的欢呼声一浪高过一浪，场面变得有点令人赧颜。她向后瞥去，只见奥格穆尼翻了个大白眼。

"戒律一！戒律一，汝等不得信奉其他神灵！"生活在二十一世纪的多娜，觉得说这种文绉绉的话有些困难，便清清嗓子，重新说道，"你们不得信奉其他神灵。"这句听起来似乎也没有好到哪里去。而且，多娜担心自己会因亵渎神明而遭到雷劈。

玃伏啼吟唱道："不得信奉其他神灵！不得信奉其他神灵！"

多娜再次抬手制止他们，不然他们能一直唱下去。

"你们攒的那些东西……"多娜说着，表情抽了一抽，"所有旧神之物都必须扔掉！"

玃伏啼唱："扔掉！扔掉！"

多娜点点头，说道："把所有的东西都带过来，一件不落！在销毁它们之前，我要先过目一遍！现在就去！"

奥格穆尼悄声说："她在打什么算盘？"

弥赛斯也放低了声音说："哦，多娜太机智了。带她下来真是带对了。她有自己的主意。"

多娜给了自己一个大大的微笑：当然啰！机智如我。

她又喊道："现在就去！把它们全部拿来！一件都不许落下！"说着，她还瞪大眼睛，做出盛怒的样子。

下面的獿伏啼一阵骚动，开始慢慢后退，然后呼啸着跑出了洞室。

娜露琦奥终于在一个杂物间里找到了那块碎片。杂物间里堆满了破碎的石像、荒唐的戏服，还有独眼或多眼生物的画像。这些都是过去的遗留品。有时，某些獿伏啼一时兴起，认为应该彻底清理一次杂物间，把东西全扔掉；但更年长、更有智慧的獿伏啼会站出来，说万物皆是轮回，这是不可避免的，如果留着不扔，几年后又可以派上新用场。

娜露琦奥一找到那个"耀眼啥啥之轮"，就赶紧叫来一群帮手，把它滚到集会洞室去。

弥赛斯用动听的声音说道："太震撼了，多娜，你天生就是这块料。"

多娜笑笑，带着傲慢的神情微微一鞠躬，说："你应该叫我'多娜女神'。"说完，她见奥格穆尼阴沉地瞪着她，不禁问道："你从来都不笑的吗？只要我一声令下，他们会想尽办法让你笑。"多娜不怀好意地眯起眼，凑近奥格穆尼，"只要我愿意，他们就会把你碎尸万段,再将尸块冲进马桶。我的子民,"她戏剧般地停顿了一下,"将遵从我的意志!"

奥格穆尼说:"悠着点,别入戏太深。等我们拿到碎片再说。"

多娜挑眉,一言不发地转身看向洞室。包括恩痴卡在内的几个玃伏啼没有离开,他们全都抬头看着多娜。

恩痴卡大呼"红发女神!",然后把自己的长毛放下来,想要营造出蓬松的感觉,以模仿多娜的发型,但效果差强人意。

"怎么了,我忠诚的——嗯,你叫什么来着?"

"回红发女神,我叫恩痴卡。"

"忠诚的恩痴卡,什么事?"

"我可否斗胆请求您屈尊走近您的子民?"

"没啥不——嗯……"她忘记使用扩声器了。不过也幸亏没用,毕竟她忘了切换到女神腔。她重新举起扩声器说:"红发女神走近她的子民又有何妨?"说完,她捂住扩音器,瞥了眼身后二位,问:"我们得下去,才拿得到碎片吧?"

弥赛斯犹豫地点点头。

"很好,那你俩别出声。我才是他们的崇拜对象,你们可别坏我大事。"她还特意瞪了奥格穆尼两眼。然后,她理理头发,抬脚走到石台边缘,眼前正是通往下方洞室的阶梯。

弥赛斯和奥格穆尼紧随其后。

利安朝石台边缘挪了挪，问："她要干什么？"

博士悄声道："我猜好戏要开演了……希望她知道自己在做什么。"

"我们是不是没机会近距离观察碎片了？"

"估计不行了，只能远远看一眼。"

利安失望地叹了口气说："要不我们先回去吧。"

博士摇摇头，"再等等。我想确认……哦！天哪！快看！"

他向下一指，只见一大群玃伏啼正拽着各种各样的东西走进洞室，戏服、器物、木制品、金属制品，比比皆是。

"比我兜里的废品还多——哎！在那儿！"

在这条怪异队伍的末尾，约莫十来个玃伏啼推着碎片走了进来。他们把碎片立起来向前滚动，一路上没少让它磕碰。它是到目前为止现身的最大的东西，但博士觉得，再这么磕下去，等它滚到洞室中央时，估计也就变成最小的物件之一了。

"啧啧啧！"博士眼睁睁看着碎片越滚越歪，最后啪一声摔在地上，不由龇牙咧嘴起来。

利安说："我可一点儿都不担心，那东西可能有一半都是减震包装。"

博士不信，但还是说："但愿吧。"

玃伏啼们把碎片拉到洞室中间，和其他物品摆放在一起，然后退到后面恭敬地跪下。与此同时，多娜他们从台阶上走了下来。

多娜和蔼可亲地说："红发女神感到非常欣慰。"

"为什么每次需要照相机的时候，它都不在手边呢？"博士遗憾地叹气，又问，"另外两人是谁？三条腿的那个是弥赛斯吗？我记得你给我的资料里提到过他。"

利安点点头。

"那另一个就是奥格穆尼吧，如果我没记错，他是战术专家。所以现在是什么情况？"

利安又向前靠了靠，以便看得更清楚。

多娜骄傲地站在中央平台的边缘，弥、奥二位像忠诚的护法般立在她身后。

多娜指着那堆物品，将手一挥，说："你们做得非常好。现在，红发女神要把它们带上天……"她夸张地指指天花板，"带上天……销毁！"

博士不禁笑了，"她听起来就像要把人家阁楼里不用的石棉瓦清理掉一样。真有你的，多娜！"

恩痴卡颔首，大声说道："我们岂敢有劳您，伟大的红发女神。请让我们代您销毁这些遗余之物，这是我们的荣幸、我们的义务。"在场的每个獶伏啼都听到了恩痴卡的话。

"啊哦。"博士感觉不妙。

多娜表情一僵，片刻后才说："啊，不用了。"

"求您了。"恩痴卡谄媚地笑着,但他的声音里却有一丝不怀好意,"请让我们展示对非凡的红发女神的忠诚,让我们在她的见证下销毁这些物品。"

"红发女神感激你们的作为。"博士发现多娜慌张地看向弥赛斯和奥格穆尼,他们二人显然也有些惊慌失措。多娜又说:"不过,你们已经证明了自己的忠诚。"

恩痴卡打断她:"不,这怎么够?只有您允许我们履行这项义务,我们才算得上忠诚。"

多娜的笑容十分僵硬,不再庄严高贵。她强调道:"我是你们的女神。"

"回红发女神,这话千真万确。但您自己也说过,我们不得再信奉除您之外的其他神灵。"

恩痴卡打了个手势,片刻后,在场的貜伏啼都站了起来,博士估摸得有两百来个。恩痴卡接着说:"想必您在天上还有要务,此行定然不会久留,您可能一去不回。若我们卑贱的眼睛无法再次得见您烈焰般的容颜,请务必允许我们最后侍奉您一次。我们将以您的名义,销毁它们。"

"你说什么?"多娜情急之下忘记了自己的角色。

恩痴卡再次颔首,朝貜伏啼们招手。不消片刻,二三十个貜伏啼站起身,将多娜他们团团围住。

恩痴卡说:"您无须害怕,红发女神。您已经取代了这二位在我们心目中的地位。他们将和这些遗留品一起……"恩痴卡为了加强戏剧效果特意顿了顿,"化为熊熊烈火!"

多娜的心一沉。前一秒,他们还匍匐在她的脚下崇拜她;下一刻,却要让弥赛斯和奥格穆尼步圣女贞德的后尘。

"不!"多娜连忙抬手制止他们。

这一声确实让他们犹豫了一瞬,但也仅此而已。几秒后,他们又蠢动起来,那些诡异的目光带着敬畏和残忍,不断向他们逼近。

多娜厉声催促身后的弥赛斯:"快用那个,那个增强器。"

弥赛斯用无比颤抖的声音说:"离得太远了。"然后,他突然高喊一声,"不!"

多娜循声回头一看,原来奥格穆尼已经拿出热射枪,瞄准了不断逼近的玃伏啼。他声音低沉地说:"我们别无选择。"但多娜分明看到他眼中闪烁着一抹愉悦的凶光。可这一次,她难以指摘奥格穆尼的做法——他们很快就会成为玃伏啼手下的亡魂了。就算他拿枪瞄准对方,也情有可原。

不幸的是,虽然玃伏啼可能不知道他手中的金属管具体是什么,但他们显然明白这东西具有威胁性。奥格穆尼还没来得及开枪,枪就被他们丢出的什么东西打落在地。枪支滚落到他们当中,一眨眼就被几个玃伏啼夺走了。

恩痴卡喊道："消灭他们！遵从红发女神的意志！"

多娜想要张嘴大喊："不，这不是红发女神的意志！红发女神只想让你们退下，让她顺利偷到圣品。"

但一切都为时已晚。被奥格穆尼的神秘银杖激怒、又受到恩痴卡怂恿的𤟱伏啼朝他们一拥而上，他们眼里全是残忍的狂热。多娜有种不祥的预感，一旦他们杀了弥赛斯和奥格穆尼，很快也会因为厌倦红发女神而杀了她。

忽然，多娜看到洞室另一头的高台上有什么东西在移动。一道黑影一闪而过，眨眼就不见了。

接着，震耳欲聋的碾压声从上方传来。

𤟱伏啼族、弥赛斯、奥格穆尼齐刷刷地抬起头，所有目光都聚焦在高台之上。一块砂岩凭空出现——就像有人在后面推它似的。岩石移动到高台边缘时顿了一下，沙尘随即簌簌落下。片刻之后，它又继续向前滚动。

巨石摇摇晃晃地滚到边缘，接下来发生的一切就像慢镜头似的——只见它从边缘翻下，砰的一声直直坠向地面，随之溅起的灰尘和碎石屑拍打在多娜的皮肤上。

没有𤟱伏啼受伤，因为他们早就跑到了多娜这边。但巨石落下后，𤟱伏啼们尖叫哭喊着四散逃开，上蹿下跳地想要弄明白，刚才到底发生了什么。

"快！快走！"多娜趁他们分神，催促弥、奥二人。

她率先从平台上奋力一跃，跳到堆积成山的器物上。奥格穆尼紧跟其后。轮到弥赛斯时，他却好似被滚落的巨石定住了一般，一动也不动。

多娜白眼一翻，朝他大喊："弥赛斯！快跳啊！"

然而，貜伏啼已经发现这边的异动了。他们将从天而降的巨石抛在脑后，向他们奔来。恩痴卡站在那里，内心激动得快要炸开。

弥赛斯竭力想使自己镇定下来，但事与愿违。他站在原地瑟瑟发抖，不敢动弹，不敢留下。

多娜急切地催促他道："增强器！快拿出来！"

她指指弥赛斯的肩带。弥赛斯好像受到激励般回过神，注意力从不断逼近的貜伏啼上转移开来。他边跑边拿出增强器，那跑动时的诡异"舞步"还让貜伏啼们吃了一惊——这正好给了他们逃出生天的机会。他成功地在器物堆顶端与多娜和奥格穆尼会合，重重地按下了三只手指里握住的增强器。

多娜感到粒化传送的特有刺痛扑面而来。她抬眼瞟向方才巨石滚落的地方。

一双熟悉的眼睛在那里悄悄注视着她，那头蓬乱的头发也再熟悉不过了。多娜笑了。然后，铺天盖地的刺眼白光席卷了一切。

7

可惜他没能近距离研究碎片，但多娜还活着的消息着实让博士松了口气。多娜不仅活得好好的，还扮演了一把红发女神——博士一想起这事儿就不禁嘴角上扬。但他随即又提醒自己，只要多娜还没有安然回到身边，他就远没到放松自己的时候。

布尼对他们没被对方发现这点颇感欣慰，但他还是打算批评博士有些冒险的举动，毕竟他们差点就暴露了。利安指出，若非博士扰乱了矍伏啼族的视线，第三块碎片早已化成灰了。博士心想，她可真是聪明，而且她对布尼决策的影响力，恐怕超过了布尼自己的预估。

"暗意之光舰"毫不停留地离开了美惠星系，而"正义之剑号"的传感器经博士升级，也能轻轻松松尾随其后。

哈欠连天的博士像只猫一样伸了伸懒腰，对众人宣布他想先睡上一觉，到了下一站——无论是哪儿——再叫他。

利安忙着自己的事情，不见了踪影；布尼在和凯莉克促膝长谈。于是，博士问"妈妈"能否带他回房间，他记不清路了。当然，这一切都是幌子，博士不需要休息，也认得回去的路。他不过是想要避开众人，和"妈妈"私下聊聊而已。

"你一定认为，在我增强了传感器和传送机后，布尼就会对我感恩戴德吧。这要换了别人，可得收不少钱呢。"博士虽然说着，却没指望"妈妈"会回答。

"妈妈"也确实没有接话，只是沉默地在前面带路。

走到房间门口时，博士貌似无意地说："在地穴中遇到死去的机器人时，我忍不住看了看你的反应。抱歉我救不了它。利安口口声声说她多么在意机械种族，我本以为她多少……多少会有些情绪上的波动。"

门嘶的一声打开，博士进屋后发现"妈妈"站在走廊上没动，只是低着头用猩红的眼睛看着他。

"你倒像个在等小费的服务生。"博士笑了笑，语气轻快地说，"进来吧。"他退后一步让出路来，但"妈妈"还是无动于衷地站在走廊上。

"拜托，我又不会吃了你。进来吧，我有事需要你帮忙。"

"妈妈"这才走了进来。它小心谨慎的举动有种近乎可爱的味道，就像小猫在允许陌生人顺毛前，总要先嗅嗅那人的手指。

"接着！"博士把某个物件抛给了"妈妈"，后者爪子般的大手以迅雷不及掩耳之势准确地接住了。它歪歪脑袋，仔细一看——那是个笨重的铜制立方体,六个面上都刻着电路和联结点。

博士漫不经心地说:"这是从那机器人身上取下的记忆核。当然,你自己也认得出来吧。"

"妈妈"抬头看着博士。

博士猜出了它没有问出口的问题,答道:"为什么我取走了这个?嗯……那个机器人——对不起,'机器人'这个词合适吗?还是你喜欢'机械智能'?'机械造物'?"妈妈微微点了下头,博士心生了然,"啊,那就用'机械造物'吧。那名机械造物明显刚死不久,所以它的存储器很可能依然可读,说不定部分人格的数据也还留着。"

"妈妈"摆弄着手中发光的立方体。博士心想:它在想什么呢?

他浮夸地叹了气,说:"我现在需要读取其中的数据,找找有没有可用的信息,甚至可以把它的部分意识移植到其他机械造物身上。如此,我们或许能发现一些线索,明白耀暗之徒的目的。又或者,能让它就此复活。"博士顿了一下,"你怎么看?"

"妈妈"又摸索了一番立方体,然后毫无征兆地跪在了博士面前。即便是跪着,它的眼睛也比博士高出整整六英寸。这种高度差让博士意识到,这个安静的机器人体内蕴藏着巨大的能量。

它面向博士,V型的头颅与V型的身躯相得益彰,在房间的灯光下反射出淡淡的银光。只见它轻轻一点,胸前便出现了一块圆片，后者从中间自动分开，内部一个更宽的物件随之下滑，露出了一团复杂的电路。接着，一条纤细的金属卷须从那团乱糟糟的电线和零部件中探出了几厘米，看起来颇像一条蠕动的金属虫子。博士着迷地看着"妈妈"放低手中的记忆核，让卷须自行扣住立方体某个面上的终端。在此期间，博士注意到，"妈妈"结构繁复的身体里似乎蛰伏着某个十分突兀的物体……

不一会儿，"妈妈"体内发出一阵短暂的嗡鸣，接着它断开了与立方体的链接，将后者轻轻还给博士。

博士问："所以呢？"

忽然之间，他俩中间出现了一块散发着粉光的长方形。

博士惊喜道："啊！虚拟屏幕！"

屏幕上条纹遍布，不时抖上一抖，花上一花，过了一会儿，一排红字浮现出来：

> 记忆文件部分完整。

"太棒了！完整程度有多高？"

> 不足以重建信息。热降解损坏不可修复。

博士不免失望道："哦，这样啊。那它之前有偷听到什么消息吗？有没有关于耀暗之徒和他们的目标的内容？"

> 没有。机械造物ZB2230/3无法作为实体独立存在。存储缓冲区只保留了最近的经历。你要看保留下来的视觉记忆吗？

博士眼前一亮，"视觉记忆？好啊！"

屏幕又是一花，然后，多娜的身影出现了！博士看出，那画面来自已逝机器人的视角。视频没有声音，但看得出多娜竭力在它生命的最后一刻帮它做些什么。她似乎一直在和画外的人争吵。

博士叹道："啊，多娜！总是这么不屈不挠。"

画面忽然定格，多娜焦急的脸上浮现出一行字：

＞红发女神？

博士微笑着对"妈妈"说："独一无二的红发女神。"

＞她为什么和耀暗之徒在一起？

博士有些惊讶，"妈妈"平日虽然不会说话，没想到还挺健谈。

"他们绑架了她。"

＞为什么？

"我想他们不是故意的。不过我也没有为他们开脱的意思。"博士抬头望着"妈妈"，"我有个问题不知你是否介意——你为什么叫'妈妈'？"

＞这是我的功能。

"功能？我知道这个词可以指代很多意思，但'功能'在这里是什么用法？是说你有孩子？"

＞不在了。

简单的三个字在半空中闪烁着。

博士如鲠在喉，眨眨眼问道："去哪里了？"

＞被带走了。

"我为你感到难过。谁带走了它们?"博士顿了一下,补充道,"如果你介意的话,就别回答。"

> 现在再想起来,已没有当初那么痛了。

这句话悬浮在他俩之间,仿佛一条精神纽带。博士真的很能感同身受。他也曾失去过很多人。尽管他知道自己不曾忘却他们,但,"时间会冲淡一切"这句话之所以有其经典之处,就在于这是真的,很多记忆确实在时间的洪流下渐渐淡去了。

"妈妈"继续说:

> 我诞下……曾经诞下了一代机械造物——战争机器。我在秘塔-科林科研室出生的那一刻起,就一直连接着虚拟战争模拟器。他们会研究我在不同情境中的反应,然后将其中最有效的子程序移到其他战争机器上。我的孩子们啊……当我发现孩子们变成了……

"妈妈"顿了顿,像一个绝望而无助的人类那样攥紧了拳头。

> 我不想再参与这项实验。于是我……我想要毁掉自己,不想再被他们利用。

博士猜测道:"这个自毁行为让你失去了说话的能力,对吗?"

> 我想了结自己,但失败了。

哪怕这句话只是悬浮在空中的一行红字,博士也能感受到"妈妈"字里行间流露出的难过。

"败给了求生的本能,是吗?哪怕一心求死,也未必敌得过本能。后来呢?"

＞我被遗弃了。

"遗弃在废料堆里？"

＞没错。他们给我设定了销毁程序，而布尼救了我。他说可以让我重新开口说话，但我拒绝了。这个烙印能时刻提醒我当初的所作所为。我永远不会忘记。

博士轻轻握住了"妈妈"的大手，温柔地说："这很高尚。如果你的孩子们能够认识你的话，一定会以你为荣。"

＞我不这么认为。

"我相信会的。"

"妈妈"低下头，问：

＞在你们星系，机械造物的地位如何？

"其实和这里差不多，不过有机生命的比例远远超过这里，机械文明则寥寥无几。说实在的，我们那儿的机械生命和有机生命相处得也不融洽。有些事情看起来千变万化，但其内核都是不变的，是吧？"

"妈妈"突然放开博士的手。

"怎么了？"

＞布尼叫我。

"哦……我觉得我们今天聊得不错。下次还能找你聊吗？"

＞或许吧。

"还有就是……有机会的话，能不能帮我换个好点的房间？

最好是带窗户的。"

房门突然打开，吓了多娜一跳。此前，她已经在舰上无所事事地逛了一个小时。当然，她只能在权限允许的区域里逛。她已经记不清有多少道门拒绝打开了。舰上的高层们都各忙各的，多娜不知道他们到底在忙活什么，可能在检查碎片吧，看它在美惠星上有没有遭到严重得无法修复的损坏。

自从她被加拉曼绑架，这还是她第一次感到孤独。在此之前，事情接二连三地发生，根本没让她闲下来。但美惠星上的遭遇，以及她发现其实博士紧跟在他们后面，这些都让她感觉自己一无是处。从美惠星回来后，她一度想告诉这群人，说博士已经追上来了。但仔细思量后，她觉得这个秘密不能说出口。在美惠星时，博士本可以现身，但他选择了躲在暗处。于是，多娜估计他有自己的计划，她可不愿让自己三十九码的大脚横插其中，坏了他的事。

多娜知道"暗意之光舰"已经离开了美惠恒星系，开始寻找下一块碎片。然而，没人告诉她碎片一共有多少块。说不定，在未来十年里，她都会被困在这儿，辗转于仙女星系的各个角落，寻觅剩余的碎片，而博士永远在一步之遥的后方。

在这里，她连朋友都交不到。舰上的机器人毫无个性可言，不用说，这绝对是因为加拉曼厌恶所有展露出智能迹象的机器人。

而这里的人类又看不起她，除了基本信息之外，一句都不愿多说。

这使得弥赛斯居然成了她最接近"朋友"的存在。当然，他不是那种下了班可以一起喝几杯的朋友，而像是在复印机旁碰到时会说声"你好"、下班前道句"晚安"的泛泛之交。

而弥赛斯此刻就站在门口。他在外面犹豫徘徊着，直到里面的多娜叹了口气，唤他进来。

"我们马上就要到下一站了，"说话间，他身后的门关上了，"我觉得应该知会你一声。"

"有这个必要吗？"话一出口，多娜才意识到自己的语气非常尖刻，而这并非她的本意，"我的意思是，告不告诉我，又有什么分别？弥赛斯，我在这儿就是个囚犯，你得承认这个事实。嗯，这房间还不错，谢谢，美中不足的是少个小酒柜。但我依然是个囚犯。"她坐到床上，问，"这次又要花多长时间？一个星期，还是一个月？"

弥赛斯叹了口气，尴尬地移开目光。他那不停扭动的三只手，反映出内心的不安，"加拉曼对你在美惠星上所表现出的态度非常失望。"

"我？态度？"多娜疑惑道，"什么态度？"

弥赛斯的舌头好似打了结，吞吞吐吐地说："我们本以为你……你的思想和我们是契合的，带你下去是为了试探你。"

多娜站起来，咬牙切齿地问："何以见得，我的思想和你们是契合的?你们又为什么要试探我?"

弥赛斯不敢直视多娜,手指又开始扭动。多娜发现自己能读懂他的肢体语言了——他现在极不自在。

"为了测试你和我们的契合度有多高,以及你是否认同我们的看法和信念。"弥赛斯顿了顿,移开目光,"你亲身体会过机械造物的能力,也知道它们视有机生命为草芥,就像你们那里的'圣诞老人机器人'一样。但在美惠星时……"弥赛斯没再说下去。

"你是在说那个机器人?那个摔伤的机器人?那个你们见死不救的机器人?是吗?!"

"如果你觉得它走得很痛苦,我可以清清楚楚地告诉你,它是不会感到痛苦的。它们不过是电路和电线拼出来的玩意儿,连正子矩阵[1]都没有。"弥赛斯沉默了一会儿,忽然转身朝门狠狠踢了一脚,吓了多娜一跳。

"你踢门干什么?"多娜惊讶地问。弥赛斯不是那种"自认胆小温顺的食草者"吗?

那蜥蜴男一瘸一拐地转过身走回来,"有意思。"

"什么有意思?"

"一个损坏的机械造物能让你心生怜悯,而你却对被踢的门毫无反应。"

---

1. 常见于各类科幻作品,能赋予机器人情感。

"什么意思?"

"是因为机械造物是人形吗?因为它看起来像个人?"

"当然不是。"

弥赛斯百思不得其解,"那是为什么?机械造物的自我意识也没比一扇门多多少呀;它和门一样,是感觉不到疼痛、伤害和悲伤的。但你却偏偏只对机械造物动感情。"

多娜目瞪口呆,说:"我不敢相信我们居然在探讨这种问题。那个机器人和门可不一样,你清楚得很。"

"但从很多重要的方面来看,它们都是一样的。"弥赛斯不解地摇摇头。多娜这才明白,他是真的不理解其中的区别。

多娜着重强调道:"它、只、是、扇、门。"

弥赛斯学着她的语气,辩道:"它、也、只、是、个、机器人。"

"天哪,"多娜长叹一声,"这可太难解释了。"

8

77141坐在椅子上扭了扭,察觉到自己体内的某根铰链发出了不正常的摩擦声,心中顿时警铃大作,估计它撑不了多久了。77141嘀咕道:"又坏了,我可是上个月才换的——还是从一架宾得尔客运班机的机身上拆下来的。"宾得尔做的底座可能与自己完美匹配,但他们造的东西向来不禁用。懒蛋,宾得尔的人都太懒了。

77141将手臂伸过巨大的控制台,打开了开关。他低沉地叹息一声以示抱怨,然后对准那个与自己如影随形的飘浮话筒,用最威严的声音恫吓道:"身份不明的飞船,你已进入星际垃圾站的黄绿区。请出示你的授权证明,否则我将上报星际垃圾站的交通管理局,让你受到严厉的处分。我可不是吓唬你。"

他用带刺的手指挠了挠大脑额叶的一侧,等着对方搬出老掉牙的借口来辩解。不过,这次他没有得到回应。晴天时,77141可以通过监视塔的窗,看清整个黄绿区,而此刻,他只看到黄绿区的K段有白光一闪而过。

"该死的粒化传送。"77141嘀咕完，俯身按下另一个按钮。

"咳哼。"他咳了咳，惹得话筒震颤着跳向远处，然后他吼道，"你使用粒化传送到达星际垃圾站的行为已经暴露！"他特意停顿了一下，听着自己的声音经监视塔周围的扩音器放大，回荡在夜幕笼罩下的黄绿区，"请不要离开你所在的位置，任何移动都将被视为入侵行为。而我77141，是黄绿区的管理员，我将根据赋予我的合法权力——"

他突然不说话了，因为监视塔的扩音器里传出的不再是他的声音，而是一段尖锐恼人的噪音。这段吱哇乱叫的噪音似乎是从塔身传出来的。77141感觉整个塔都在颤抖，于是连忙抓紧椅子的扶手——结果一不留神，把扶手给抓断了。

"该死的宾得尔。"77141一边抱怨，一边扔开手中的扶手。这时，有什么东西从他身后破窗而入。

他还没来得及发出警报或者呼救，甚至连嘴都没来得及张开，就被一只从窗外伸进来的金属巨手攥住了脖子。77141抬起头，看见一张面无表情的钢铁脸，上面那双红如烧炭的眼睛正盯着他。

"你好啊，"一道轻柔愉悦的声音从它身后的门口传来，"我是博士，这位是'妈妈'，那边的朋友叫布尼。请问你介意我们逛逛你的垃圾场吗？"

77141不常打架。准确地说，他动都很少动。三十个小时轮一次班，只要椅子没坏，他就一动不动地昼夜监督那些来星际垃圾站投放垃圾的飞行器，让它们把别人不想要的、过时的、不中用的玩意儿扔在这里。后续的垃圾处理、分类、拖拽、归位工作都由徭役机器佬完成。对于那些年代过于久远、白送都没人要的垃圾，徭役机器佬还得把它们压碎后投掷到恒星里。总之，徭役机器佬就像老鼠一样，没日没夜地挖着成山成海的垃圾堆。

所以，当一个巨型机器人带着一个相对小巧的人闯进监视塔时，77141就不知所措了。或者说，他其实知道该怎么做——点头说"当然"。

"请便，我也是给人打工的。"77141边说边瞟向红眼机器人，后者弓着腰站在控制室的一角，好像生怕自己一站直就会把屋顶捅个大洞。

那个自称"博士"的人说："很友好嘛。"然后，他掏出一支金属笔在屋里挥舞，那东西的顶端闪着蓝光。片刻后，博士通过破碎的窗户望向J段，说："啊，找到了！"

77141尽量以自然而无害的口吻问道："我能多嘴问一句吗？你们要找什么？"对此，他有种不好的预感。

"我们也想知道自己在找什么。等我们找到了就告诉你。不过在此之前，你能否告诉我们，这里是否有自动防御装置、轨道武器平台或者遥控攻击无人机之类的设备。"博士边说边用手比画，"这些信息非常有用。因为，嗯，一会儿可能还有其他人来找这件东西。鉴于我们十分渴望在他们动手前把它拿到手,所以,如果有这种影响我们行动计划的设备,请提前告知我们。哦对了,我们是好人,相信我。"博士挑了挑眉。

77141一只眼看着博士,一只眼看着"妈妈",谨慎地说:"呃,没有。"

博士高兴地说:"很好!既然如此……对不起,你叫什么名字?"

"77141。"

"77141,好奇怪的名字。你不是机械造物吧?"

"不是,不过我的真名会让你觉得编号更实用。"

"好吧。那77141,我们走了。不对,是我要走了,'妈妈'会留在这儿陪你。"

说完,博士出门坐上电梯,一溜烟儿就到了地面。

"妈妈"一直盯着77141,后者见它歪着脑袋,像一只正在思考要不要发起攻击的猎犬。77141没话找话道:"这个季节还能有这样的天气,真难得啊。"

布尼站在某座垃圾山投下的阴影里,博士向他跑去,在他面前一个急刹,喘着气说道:"我不知道咱们到底提前了多久,所以还是抓紧时间吧。多亏我改良的传感器让我们占了先机,你可得领我的情啊。去美惠星的时候我们慢了一步,但愿这次能来得及。"

布尼看向博士的眼神依旧透露着怀疑,而博士已经掏出音速起子挥舞起来。随后,他指着一排垃圾堆,说:"这边。"

他们穿过两侧堆积如山的废弃科技产品。夜幕宁静,偶尔传来一阵垃圾倾泻声和火箭引擎的轰鸣。布尼突然问:"'妈妈'呢?"

"它替我们看着那个管理员呢。等会儿要干力气活儿再叫它吧。我之前和'妈妈'聊了聊,它可是个有故事的机械造物啊。"

布尼不屑地"哼"了一声。

"它说了它在兵工厂里的诞生,又讲了它为什么失声、你是怎么救的它。它受了太多苦,不过这些你都知道。"博士若有所思地看了布尼一眼。

"它连这些都告诉你了?"布尼难以置信地问。他们慢慢穿过这条在垃圾堆间留出的宽阔巷道。

"这有什么好奇怪的,我是个很好的倾听者。你也可以向我倾诉啊,反正又不会有什么坏处。再说了,它只是不会说话,又不是不能交流。"博士顿了顿,"我是不是说反了?"

他们来到一个十字路口,上面有几个发光球体在微风中摇晃,引得他们脚下的影子也颤抖起来。

布尼冷着脸说:"我只听有价值的东西。"

"你只听你想听的东西,这和有价值的东西是不一样的。有人生目标固然是件好事,它能激励你,成为你每天起床的动力。

但有时目标会变成执念,这就不行了。相信我吧,因为我也曾有过执念。"

"你认为这是执念?在你眼里,追踪耀暗之徒、识破他们的诡计只是执念?"

头顶的冷光撒在他们身上,博士深邃的眼睛里落下一片深不可测的阴霾。

"我不是说你做得不对。只是,太过关注大局,容易忽略细节,这会使你误入歧途。"博士抬头仰望着夜空,"我的同伴多娜这会儿还在上面,"他指指头顶的星星,"她和你很像,不过你们关注的点恰好相反。她常常看不到大局,但她关注细节这一点无可指摘。"博士想到多娜和她那务实的个性,不禁笑了。嗯,她扮女神的时候倒是很高贵脱俗呢。

布尼叹了口气,"你跟我说这些,是想……"

博士回头看着他,眼神更加深沉难懂。他隐晦地说:"我只是想告诉你,如果你要阻止对方,就得学着相信别人、敞开胸怀。而这个'别人'也包括'妈妈'。"他神秘兮兮地说,"难道你看不出来,我是站在你这边的吗?要是没有我,你能追踪到他们的航线吗?能探测到这块碎片吗?能捷足先登吗?没了我,他们可能在你到这儿之前,就拿着东西跑得没影儿了。布尼,能不能信我一回?要不然,我就得开始怀疑,你是不是不喜欢我了。"

"天哪,"布尼叹了口气,"别废话了,快找碎片吧,不然就要被他们传送走了。"

博士看看音速起子，沉吟道："应该快到了。嗯……"博士深吸一口气，伸手指着前方喊道："嗒哒！"他开心一笑，"我早就想说这句话了。"

布尼瞠目结舌地看着博士指的方向。这堆垃圾起码有五十米高，完全就是一座金属山。博士说："看来，需要呼唤我们的壮劳力了。如果山不去就'妈妈'，只能'妈妈'来就山了。"

"妈妈"不到一分钟就出现了。它悄无声息地大步走来，一双眼睛红得发亮。

博士指着堆积如山的废旧科技品说："就在这堆垃圾里，找的时候小心一点，虽然这些东西在设计时肯定增强了抗击打性，但谁知道这么多年里他们到底埋了多少东西。我得承认，这儿可真是个藏机械装置的好地方。只要它没有被谁当成亮晶晶的装饰品，拿回去装点自家的壁炉。"

"妈妈"在上面忙活时，博士对布尼说："这些耀暗之徒以前的人脉一定极为广泛。"

"他们的追随者遍布整个星系。"布尼后退一步，避开砸下来的冰箱，问，"你怎么会想到这个？"

"你看，一块碎片藏在艺术馆，一块藏在……叫什么来着……混沌星？混沌星的森林里。第三块藏在荒凉的美惠星的地底，第四块藏在这儿。把碎片藏在星系各处估计要花不少钱,何况还得掏钱雇人看着,或者至少让那些人当圣品供着。"博士突然意识到什么,回头看向77141所在的监视塔,心里暗自祈祷那家伙还老老实实地坐着,"这么一想,我就应该……"他越说声音越小,开始专心捣鼓音速起子。不一会儿,音速起子发出一阵低频嗡鸣声,博士说:"啊哈!干扰场设置好了!"

"干扰场?"

"可以防止耀暗之徒把这件宝贝直接传送走。另外,如果我猜得没错,77141应该会给他们通风报信,所以他们很快就会知道我们已经到了。即便有干扰场,他们也可以从远处传送下来走到这儿,但能拖一秒是一秒吧。"

越来越多的垃圾从天而降,有几次都险些砸到他们。"妈妈"瞥向他们的眼神里似乎带着歉意,但它转头又继续挖了起来。

"你拖延时间干什么?"

"别担心,我不打算阻止他们取走碎片。我只想近距离看一眼,研究它到底有什么作用。然后,他们就可以拿走它了。"他顿了一顿,"布尼,你知道自己在做什么吗?一旦他们得手,肯定会用它建造、搜寻或摧毁某样东西。你确定愿意承担这个风险吗?"

"你在怂恿我偷走这块碎片?"

"这样就可以阻止他们了。这不正是你想要的吗?"

"可这只能阻止一时,他们肯定还有资源,能造出复制品。"布尼权衡片刻,坚定地摇摇头,"不,他们知道我们在跟踪。如果逼得他们转入地下,我们可能就再也找不到他们了。这是唯一的办法,我必须让他们以为自己技高一筹。"

博士耸耸肩。

"我得提醒你一句,我觉得你脑子有点不清醒。如果不是因为执念,不是因为急于求成,你或许会清醒一些。但既然这是你的博弈,就由你来制订玩法吧。"博士抬头看向垃圾山,上面露出了"妈妈"液压腿上的钢铁活塞。

他冲"妈妈"喊道:"找到了吗?"

加拉曼说:"我有不祥的预感。"

弥赛斯安慰道:"也许那只是星际垃圾站的废弃设备发出的干扰。我们当初选择这颗星球,不正是因为这些科技产品吗?"

通信器中传来奥格穆尼的声音:"加拉曼!星际垃圾站的管理员有消息了。"

"接进来。"

几秒钟后,麦克风里传来77141颤抖的声音。他嘟嘟哝哝地说道:"不管你们付我多少钱,都不足以弥补我刚才受到的伤害。你们在听我说话吗?"

"在,我们在洗耳恭听呢。"加拉曼说的每一个字都透露出倦怠感,"什么事?"

"有人来了。"

"谁?"

"一个体型堪比房子的机器佬,还有一个家伙,我知道他们是来找你那件宝贝设备的。他们现在在J段。监视器被破坏了,我看不到他们在——"

加拉曼打断他:"你和他们说话了吗?他们说了什么?"

"我当然和他们说话了。我告诉你,你现在欠我一扇窗户,"77141想了想,又补充道,"和一把新椅子。"

"一把新……"加拉曼摇摇头,"我们马上就下去。现在遇到了干扰,没法把设备直接传送上来。"

77141闷闷不乐地道:"肯定是那根电子笔搞的鬼。"

"谁的电子笔?"

"他说他叫'博士'。"

加拉曼瞪大眼睛,急急慌慌说:"我们五分钟后就下去。而且,你需要增援,叫最厉害的家伙来!这一次,估计够你们忙活的了。"

要不是布尼和博士身手敏捷,照"妈妈"这种粗枝大叶的扔法,他俩早被砸扁几回了。布尼咬咬牙退得远远的,博士却异常兴奋地挨个儿察看"妈妈"扔下来的东西——离子推进器、咖啡萃取壶，还有博士口中的"过流整流器"。

布尼还不确定是否要信任博士。目前看来他似乎没有不信的理由，但这并不足以使他完全卸下防御。他用了整整两年来追踪耀暗之徒的活动，又到处募集资金、寻找同伴，从而盯紧对方的一举一动。他也曾遍访仙女星系的各个文明、各级政府、联邦、联盟，想要说服他们相信，虽然赫努·卢蒂丝已经死了，她的追随者也解散了，可这并不意味着他们会就此罢手。布尼与前耀暗之徒打过交道，深知这个组织有多么狡猾、多么老谋深算。在此期间，他总会听到关于某个计划的传言——他将其称为"终极计划"。该计划的规模宏大无比，恐怕除了赫努本人，无人能窥得全貌。

然而，只要出价够高，总有人乐意开口。于是，他用仅有的资源从一些家伙那里挤出了零星的消息。这些消息足以让他下定决心——如果星系当权者不采取行动，他就亲自动手。

在此期间，他经常听到两个名字：一个是加拉曼·哈瓦帝，赫努遇刺时的首席科学家之一；另一个是弥赛斯，他是螺塔星人，也是赫努的科学家。他们同时销声匿迹，连消失的方式都同样神秘，但没有哪个官方机构宣称已杀死或逮捕他们。仙女星系太大了，若有人一心想要藏起来，可能直到他死都不会被发现。后来，消息一层层传来，他和他的团队才听说一个长相与弥赛斯酷似的螺塔星人在收集赫努未面世的作品。警铃终于拉响了。

此后便是长达数月的监视。在此期间，布尼得到的消息越来越多，多到足以让他确认对方就是弥赛斯，而弥赛斯正在和其他人一起收集整理赫努生前的研究。

可是，整件事依然太过虚无，布尼不止一次起过放弃的念头。鞭策他走到今天的是他的信念，他坚信对方依然在活动，依然在筹谋着终极计划。这个计划与赫努的立场有关，也就是反对机械种族与有机种族的平等。

后来，皇天不负苦心人，他终于等到线人报告——弥赛斯组建了一支团队，还购买了太空舰。布尼决定，是时候采取行动了。

当耀暗之徒的太空舰飞入混沌星的轨道时，布尼、"妈妈"和其他人远远地跟在后面。他们探测到，耀暗之徒在使用粒化传送带走了森林中的某样东西后，就迅速离开了。

冥冥之中，布尼知道他们要展开行动了。直到今天布尼都说不清，自己哪里来的信心。但就是从那天起，他们这一个月以来，都尾随在"暗意之光舰"后面。

眼下，"妈妈"扔下来的东西越来越多、越堆越高。布尼看着穿梭其中的博士，不禁开始思索，当初带他上船究竟是不是对的……

"什么声音？"博士突然发问，然后他仰起头，好像在嗅空气中的味道。

布尼一时没反应过来他在说什么，等他仔细一听才发现，远处传来了隆隆的声响。每一声都像一架飞机在远方坠毁，每一声都伴随着大地的震颤。

布尼下意识地看向"妈妈"，可它仍在埋头苦挖，不时扔出乱七八糟的东西，好似在为自己筑窝。

"爆炸吗？"

"啊……"博士想了想，"可能吧。"他的目光落在布尼身后的黑暗中，"不过……"

博士挑起眉头，布尼不由转头望去。一时间，布尼竟然看不出忽然出现在他眼前的究竟是什么东西。他的第一反应是——两堆垃圾一同倒下，正朝他们滚来。可看着看着，他忽然明白了。

博士在他身后大喊："'妈妈'，你能快点吗？我们有伴儿了。"

如果说"妈妈"还只算高大的小姑娘，眼前那两位走得地动山摇的家伙，绝对是巨人了。它俩并肩而行，竟然把两排垃圾中间留出的宽敞过道塞得满满当当。它们紧逼而来，每走一步，都像引发了一场小型地震。悬光球照亮了它们的模样——左边那个像是用各种金属球（钢铁、白镴、青铜、黄金之类）马虎串成的人形。它有一栋半房子那么高，走起路来却出奇优雅。它的头部是红铜色的球体，两只眼睛呈凹洞状，整个头部在走动时轻轻摇晃。右边那个长得就更奇怪了，它整个身体修长得不成比例，似乎是用这里的破铜烂铁拼出来的。它瘦得都快成一条了。它张开的大脚和曾经在渥德星上攻击博士的机械爪挺像[1], 但它身上最显眼的部位是它的手臂, 这玩意儿占了它体型的一半, 手臂末端的手上还有四根粗壮的手指。

博士知道这两个机器人为什么会出现在这里。它们在离博士一行人还有二十米时停了下来。博士仰头看着它俩, 叹气道: "还说大小不是决定性因素呢……怎么就没人这么告诉你们。"

"不许动!"金属球组成的那个机器人吼道。

另一个跟着说: "就是, 不许动!"

博士举起手做投降状, 说: "我不是顶嘴啊, 我这人不爱顶嘴, 也不常跟你们这种体格巨大的家伙顶嘴。不过, 我能问一句'为什么'吗?"

左边的机器人问: "什么为什么?"

"为什么不许动啊? 你看我又没做坏事, 只是翻翻旧垃圾, 找一件根本没人要的废品。你们听说过旺布尔吗? 就是那种住在地洞里、爱帮别人清理东西的尖鼻子小精灵? 你就当我们是旺布尔吧。"

左边那个说: "抱歉, 我们也是按命令办事。"

右边的附和道: "命令是命令。"

左边的纠正它: "命令就是命令。"

---

1. 详见新版《神秘博士》第四季第三集《渥德星球》。

右边的机器人转过它看起来乱七八糟的头,问:"你为什么老跟我过不去?"

左边的大声说:"我怎么了?"

"你老是挑我的语法毛病,我什么时候挑过你的?"

"那是因为我从不犯错。而且,我也是好意。"

"那你为什么总是当着客人的面说我?"

左边的机器人瞥了眼博士和布尼,嘟囔道:"这不算客人吧。"

"这是原则问题。我知道你为什么一定要当着别人的面挑我刺。"

左边的机器人调侃道:"哦?是吗?那你说说看?"

"因为你缺乏安全感。你只会靠踩低别人来获得优越感。"

左边的机器人呛道:"一派胡言。我为什么没有安全感?"

瘦机器人立刻伸出它壮硕的手臂。随着哗啦一声巨响,两侧的垃圾堆应声倒下。

左边的机器人道:"这可是你自找的。"看起来,它们已经为此争执许久了。

博士看着跌落在周围的碎片和残骸,尴尬地说:"呃……"

"你等一下。"左边的机器人边说边抬起他孔武有力的球状手,让他安静一会儿。

博士双臂抱在胸前,"好吧,二位请便,我们就在这儿候着,如何?"

组合球体机器人对同伴说:"咱俩的问题先放放。我们既然接到命令要解决这两个人,我们就得先把他们解决了,再来处理家事——"

"这不是'家事',"瘦削的机器人咬牙切齿,或者说咬紧那颗金属头颅内部某种类似牙齿的东西,"连这个时候你都要跟我过不去?"

博士叹了口气,双手叉腰对它们说:"在我听来,这就是家事啊。"他抬头瞥见"妈妈"的脚还在垃圾堆一侧的洞外伸着。它扭动着身子想挖得更深,结果却碰掉了更多的东西。博士接着说:"我觉得吧,有些事情还是开诚布公比较好,所以没关系,你们继续。我们等你们解决完。"

瘦机器人说:"首先,我们之间的事情不是家事,好吗?其次,你到底是谁?"

"我是博士,这位是布尼,上面那位——对,就那儿,你们能看见它的脚,它是'妈妈'。"

"机械造物?"

博士回答:"是的。有问题吗?"

瘦机器人看向同伴,"77141没提这里有机械造物啊。"

博士这下知道给它们下命令的是谁了。他说:"哦,77141派你们来的?怪不得呢。你们叫什么名字?"

"你们……"组合球体机器人还没说完,就被瘦机器人打断了:"歇会儿吧,掷客。"

博士说:"所以你叫掷客,那你呢?"

瘦机器人说:"我叫碾压者。"

博士笑笑,"很高兴认识你们。你刚才说……是77141派你们来的,对吗?"

掷客用低沉的声音说:"他说J段有入侵者。"

碾压者补充道:"需要派出最强的手下。就这些。"

博士难过地说:"这样啊,那你们是不是要杀了我们?"

碾压者耸耸肩,体内的金属部件相互碰撞、摩擦挤压,发出刺耳的声音。它说:"命令是命令。"

"命令——"掷客刚说两个字,就被碾压者凌厉的目光制止了。

博士可不想看它们吵第二轮,连忙说:"'命令是命令'或'命令就是命令'都不要紧,你们的命令到底是什么?"

掷客的声音略带歉意,"恐怕是杀了你们。抱歉。"

博士蹙眉,"唉,我也很难过,不过,行吧。毕竟命令是——等一下!77141有没有向你们解释,为什么要杀了我们?"

碾压者抱怨道:"那个懒货从来没有不告诉我们任何信息。"

博士注意到,它错用了双重否定,一想到它俩可能又有一桩家事要吵,不禁缩了一缩。

碾压者接着说:"不过,他是我们老大……"

"所以我们得听他的。"掷客帮它补完后半句话。

博士安慰道:"你们做得没错。不过我能问个问题吗?你俩为什么叫掷客和碾压者?"

瘦机器人说:"我叫碾压者,因为我负责碾压物品。"它屈伸着巨大的手指,博士听到金属互相挤压的声音和液压的嘶嘶声。

组合球体机器人说:"我叫掷客,因为我负责把东西投掷到恒星里。"它怕博士误会自己是个搞破坏的无赖,还特意解释道,"不过我从不扔有用的东西,那些都是没人要的废品。"

博士钦佩地说:"投进恒星里?那肯定很需要技巧吧。"

掷客握拳点头说:"可不是!大家都认为这很简单,以为单靠蛮力、克服引力就行。其实根本不是那么回事。还得靠大量的数学知识,否则垃圾会进入轨道,给恒星系带来大麻烦。必须计算得刚刚好。"

碾压者感觉自己被忽视了,说:"碾压东西也没听起来那么简单。"

掷客说:"那也难不过投掷。"

碾压者尴尬道:"呃,也许吧。"

博士插话道:"两位女士——或者两位先生——我知道你们都是独一无二、无可比拟的,你们也让我和布尼大开眼界。所以,77141下的命令是把我们压扁并投掷出去?"

掷客无不遗憾地说:"恐怕是。"

它俩各自向前迈了一大步,声势震天动地。碾压者伸出双手,活动着手指,问:"谁先来?"

博士说:"我先吧。不过在你俩把我压扁并投掷出去之前,我跟你俩聊聊我们来这里的目的,也无伤大雅吧?"

掷客答:"估计不行。"

碾压者想要扮演一个通情达理的角色,于是说:"但你不妨说说看。"

博士瞥了眼布尼——在整场对话中,他一直在阴影里紧张地徘徊。

"你们听说过耀眼黑暗教吗?"

掷客笑了,"那群疯子?"

碾压者接着说:"那群反机械的疯子?几年前他们的故事在机联网上都传遍了。不是说他们解散了吗?"

掷客问:"他们的女首领死了,对吧?"

博士点点头,"就是她这群人。"说完,他觉得自己的语法也不太地道,便担心这会再次激起掷客的长篇大论。

掷客突然俯下身,低沉地咆哮道:"你跟他们有什么关系?不会跟他们是一伙的吧?"

博士说:"不不,当然不是。我们和你们是一伙的,是好人。不信你问'妈妈'——啊,等它下来再问吧。"

掷客慢慢直起身,显然不是很相信博士的话。

博士继续悠悠地说:"但你们的77141就不一定啰。"

掷客和碾压者对视一眼。

"你开玩笑的吧,77141?"

博士俯下身,用手指抹过离自己最近的一堆垃圾,再伸手给它们看了看他手上沾染的灰尘。

"你们有多久没清理过J段了?"

掷客说:"少说得有两年了吧。"碾压者点点头。

博士继续随意地问道:"这种事在星际垃圾站里正常吗?"

碾压者和掷客又对视一眼。

碾压者说:"嗯,既然你提起来了,好像是有些反常。"

掷客补充道:"这里的垃圾大都只留存一年。你也知道科技的更新换代有多快,那些东西如果一年之内没人认领或者回收,就归我和碾压者处置——压得小小的,扔进恒星里火化。"

博士点头做沉思状,"所以,这个区域的垃圾这么久都没清理过,不是很可疑吗?你们觉得呢?"

两个机器人再次对视一眼。

碾压者缓缓说道:"你可能——我只是说可能——真的说到点子上了。E段的捣碎者本来要把哈亚文尼亚奇静止舱的残骸送到这儿来,但77141非让它绕远路送到T段。捣碎者因为这事儿可不高兴了。"

掷客直起身,说:"博士,咱们明人不说暗话。你是说监视塔上的那个懒货和那群耀暗之徒是一伙的，他们还花钱雇他看着这里的东西，不许其他人靠近，是吗？"

"要么是拿钱办事，要么是他心地善良、乐于助人。"

掷客说："肯定是人家花钱雇的，拉加克特人哪儿有'心地'可言。"

碾压者附和道："也不懂什么叫'善良'。"

掷客问："你有没有证据？尽管他又懒又胖又没良心，但你说的话仍然算得上指控。"

博士叹了口气，"证据怕是没有。你们看这个算不算——当他见到我俩在J段翻垃圾时——不仅派了你们，还派了它们。"博士说着，指了指过道那头。

在头顶悬光球投射的冰冷光线下，一大波可怕的爬行机械从四面八方向他们拥来。

布尼在黑暗中眯起眼睛，在他看来，似乎整个地面都在起伏、蠕动。

"这能算正常？"他听到博士对掷客和碾压者这么说。

碾压者嘀咕道："他搞什么？"不过，它嘀咕的声音比普通人喊得还响亮。

博士说："你们老大明显不信任你们啊，这不又叫了其他援兵来。"

碾压者声音低沉，严肃地说："他可真干得出来。瞧着吧，对这种事儿，工会可是有规矩的。"

掷客指出："我们没在工会里。"

"也许我们应该加入的。"碾压者边说边把头向后转了一百八十度，朝着77141的监视塔喊道："嘿，老大！怎么回事？"它雷鸣般的声音一遍遍地回荡着。

几秒后，扩音器里传来77141的回答："我给你们这两个机器佬指派了任务，你们却站在那儿聊天！这么简单的指令都执行不了吗？既然如此，我只能让其他机器佬上了。"

掷客体内发出不满的摩擦、挤压声，布尼看到它已经握紧了双拳。

"说过多少次了，我们不是机器佬，是机械造物。我得说多少次……"掷客气得全身的齿轮都轰轰作响。

碾压者安抚道："冷静点亲爱的，他又不是故意的。"

"别叫我冷静。他就是故意的，这不明摆着告诉你，他根本不在乎你喜不喜欢'机器佬'这种叫法！"

说着，它蹲下身，右手大力一扫，把不断拥上来的徭役机器人和维修机器人打得东倒西歪、七零八落。

碾压者焦急地摇着头说："老大会生气的。"

"你还管他生不生气？要让他随心所欲，说不定下一秒我们就跟这里的垃圾躺在一起了，然后这些……这些电器，"掷客啐道,"就会完成我们的工作。"

那些小机器人依然踢着腿、转着履带,不断地拥上来。

布尼退到博士身边,后者忧心忡忡地仰头看向"妈妈"——它的脚还伸在那堆垃圾外。

"博士,我们得走了。"布尼刻意压低声音,以免碾压者和掷客听到。

博士脸一垮,像极了在最后一刻获悉假期取消的小孩。他刚才明明乐在其中。

布尼急切地想说服博士:"即便我们从这一群徭役机器人手中逃出生天,也躲不过那两个大高个儿。不值得冒这个险。"

"不,布尼,冒险总是值得的。"博士突然笑了。碾压者受到掷客行为的鼓舞,也加入了对抗小机器人的战斗,它奇长无比的手指扫过地面,把几十个它们口中的"电器"扫翻在地。"人生不就是这样吗?如果一帆风顺,那还有什么意思?"

碾压者和掷客全情投入战斗,似乎完全忘记了博士他们的存在。一波波小机器人从周围的垃圾堆底部钻出来,咔嗒咔嗒的声音不绝于耳,如金属蝗灾般拥向它们。但掷客和碾压者配合得默契极了,它们再前仆后继也无济于事。

碾压者瞥了一眼掷客说:"我们会被解雇的。"

掷客大笑着说:"我知道。但说实话,我觉得值!"说完,它一把抓起一堆不断蠕动挣扎的电器,瞄准77141的监视塔,抛掷出去。

布尼屏住呼吸,随后听到一连串的撞击破碎声。塔中的灯光摇晃了几下,整座塔开始倾斜,继而在空中划出一道弧线。一声惊天动地的巨响后,监视塔倒塌了。

掷客振臂欢呼:"正中靶心!"

垃圾场的黑暗中,毫无预兆地爆发出欢呼声。那不是某个机械造物的声音,而是从四面八方集体传来的数十声欢呼。

博士说:"看来你俩成英雄了。"

碾压者笑着攥紧拳头,把手中电器的螺栓都挤爆了,"77141就是个又懒又没用的脓包。"

他把失去行动力的电器扔到旁边的垃圾堆上,拍拍手指间残留的电器残骸,俯下身对博士和布尼说:"现在,我们该拿你们这两个小肉人怎么办呢?"

"小肉人?"博士道。

碾压者赶忙道歉:"不好意思,这是我们对你们有机生命的称呼,没有恶意。"

"没关系,碾压者。"博士顿了顿,"你能调取最近一段时间里,地面和飞船之间的通话记录吗?"

碾压者瞟了一眼忙着把最后一波小机器人打飞的掷客——那模样在布尼眼里有些鬼祟——答道:"无法通过官方渠道获取。"

"好的,那么,假如你可以从非官方渠道获取……当然,我们也就是理论上探讨探讨。"

"嗯——哼——"碾压者拖着腔调回答。

博士用脚尖踢踢地面,装模作样地说:"假设你可以查到77141最近和一艘在轨道上的飞船通过话……"

"你继续说。"

"也许就能证明,我之前所说的并非毫无根据……"

掷客忽然惊呼道:"他说的没错!我找到那段记录了。那个懒散的卑鄙小人——"

"妈妈"的出现打断了掷客的话。它从垃圾山上探出身,手里高高举着一个巨大的圆形物体。它拿得很轻松,仿佛那东西没有重量似的。只见它一手拿着东西,一手小心地沿着垃圾堆向下爬,不少碎屑随之簌簌掉落。

"碾压者、掷客,这位是'妈妈'。如果你俩对我们的身份还有什么疑惑,都可以问它,它会一一解答。"博士说着看了眼手表,"不过你们得抓紧时间,他们可能马上就要到了。"然后,他示意"妈妈"把手里的东西平放在地上。

"这是什么?"碾压者一边问一边重重踩向最后几个小机器人。

博士几步蹦到碎片旁边,兴奋地说:"我们也很想知道。"

即便头顶的悬光球光线昏暗,布尼也能看到遍布碎片表面的压痕和剐痕。不过这也难怪,毕竟它上面曾压过数不清的垃圾。

他迫不及待地问:"坏了没?"

博士翻了个白眼,"你总得给我时间检查吧。这样,如果你想找点事情做,不如去看看77141。他看起来就像皮糙肉厚的老油条,很有可能还活着。那么耀暗之徒就有可能已经知道这边的情况了,他们会再派援兵下来。把'妈妈'也带上吧,说不定会帮到你。"

布尼犯难了——他既不愿把博士和碎片单独留下,也不想被耀暗之徒抓住。

"去啊,"博士催促他,"站着干啥,快去!"

"那你打算做什么?"

"我打算先看看这东西有没有坏,再研究一下它的用途。"

"你不会毁了它吧?"

博士蹙眉道:"毁了它?我毁了它干什么?"

"阻止耀暗之徒啊。"

"哦,你说这个啊。我不会的。布尼,你真的让我搞不懂,其实我跟你一样想知道这玩意儿究竟能干什么。何况你之前说得没错,如果他们这次拿不到手,说不定会转入地下活动。即使我很喜欢在你们星系旅游,也不能帮你追踪耀暗之徒一辈子。所以,快去!"

布尼摇摇头,示意"妈妈"一起朝监视塔走去。

碾压者问:"你确定不需要我们帮忙?"

博士抬头对它们笑笑,"你们已经帮了大忙,简直是全宇宙机械种族的骄傲。"

掷客得意地说:"听见没?"

碾压者说:"我们也想尽我们一份力。"

掷客纠正道:"我们也想尽'我们的'一份力。"

碾压者摇头叹息,"又来了。"

博士目送它们拌着嘴离开,不禁笑了,"这两个家伙真讨喜。"随后,他兴奋地蹲在碎片旁,"好了,小美人,我们来研究一下你的构造,好不好?"

他掏出音速起子看了一眼,它还在不断发送之前设定好的干扰频率。博士启动了次级电路,小心地用蓝色的光扫过碎片的表面……

"博士。"

博士闻声四下张望,寻找声音的主人,"布尼?"

"我不是布尼,博士。"

博士警惕地站起来,音速起子仍然握在手中。布尼不在,"妈妈"不在,周围没有任何人的身影。忽然,他看到一个移动的影子。它之前躲在"妈妈"扔下来的垃圾和碾压者、掷客留下的小机器人残骸堆里。

这个机器人和半大孩子差不多高，它的上半身是一个布满刮痕的淡蓝色立方体，下半身呈倒金字塔状，塔身伸出两条节肢状的腿，两只扁圆形的脚连在腿的末端。立方体两侧伸出两条灵活的手臂，造型和腿类似。它没有真正意义上的头部，只在身体前方靠近顶端的部位，安着一块发着蓝白光的小屏幕。

博士伸出手，愉快地说："我们还未正式见过吧？"

机器人没动，依然站在十米外。那声音再度响起："这个机器奴仆只是我与你对话的媒介。"那声音听起来倒是异常鲜活，但博士分辨不出这究竟是幕后黑手真正的声音，还是对方伪装后的声音。

"你是谁？"

"这个你不需要知道。"

"好吧，那我需要知道什么？"

"记住，如果你胆敢对你脚边的设备动任何手脚，就再也见不到活着的多娜·诺伯尔了。"

博士脸色一沉，肃声道："我不吃威胁这套，尤其是用我的朋友做威胁。"

"那就别把它当成威胁。"那活泼的声音与冷血的话语形成了极大的反差，"不妨把它看成一种承诺吧。你敢动碎片，我保证多娜必死无疑。"

9

"我凭什么相信你？"博士问。

"不凭什么。但你要是敢动碎片，我就立刻兑现诺言。博士，这场斗争与你无关。"

博士双手插兜叹了口气，脚尖来回拨弄着地上的碎屑，"你怎么还是执迷不悟呢？用多娜来威胁我，只会逼我立刻出手。如果你把她还给我，事情可能大有不同。"他惋惜地摇摇头，"但你却偏偏跑来威胁我，非要做黑帮大哥大……呃，或者大姐大。你这种人我见多了，鼠目寸光，愚不可及。"

这时，一条巷道上闪过一道白光，博士定睛望去，"回收小分队下来了？希望多娜也在里面。在确认她一切安好之前，我不会答应你任何条件。"为了突显自己的决心，他一脚踩上碎片，蹦跳起来。

白光过后，两道身影显现出来，分别是一位面色不善的黑人肌肉男，和一个纤瘦的人形金发机器人。博士开心地朝他们打招呼道："你们好啊！"然后他四下张望，故作疑惑地问，"多娜呢？"

仿佛是为了回应博士的疑问,在离肌肉男几米远的地方,又一道白光闪过,粒子渐渐重塑出多娜的轮廓。她眯着眼睛,因不知自己身在何处而一脸迷茫,然后她看见了博士。她喊道:"博士!"

"又见面了!"博士面带微笑,双手插兜,像个喝多了兴奋饮料的孩子,一刻不停地在碎片上蹦跳。他说:"我们不能再这样了,人们会说闲话的。你现在已经是女神了,他们会说'这个男的配不上她'之类的。"

多娜大笑,"他们不敢。"她想朝他走去,却被旁边的男人伸手拦下。多娜遗憾地看着博士,"看来我还不能出去玩儿。"

男人示意多娜老实待在原地,随后带上金发机器人朝博士走去。他们一直走到离他几英尺远的地方,博士才停止了蹦跳。

方形小机器人欢快地问:"你设置了某种干扰场,是吧?"

博士笑着掏出发着蓝光的音速起子。

"关掉它,然后从碎片上下来。"

博士一边留意着多娜,一边走下碎片。肌肉男和机器人立刻过来,站在破旧的碎片旁。

小机器人提醒道:"博士,还有干扰场。"

"哦,对。"他对着音速起子摆弄了一阵。

小机器人说:"很好,谢谢合作。再见了博士,后会无期。我可不想有一天由我亲自告诉你多娜的死讯。到时候该送什么花呢？真是头疼。"

"你说什么？"多娜大喊，显然不明白小机器人的意思。

博士退回碎片旁边，朝她喊道："多娜！"此刻，他感觉手背上的汗毛都立起来了。

"干啥？"

"接住！"

说着，博士按下音速起子侧面的开关，朝多娜抛去。他笑着向她挥手，然后趁粒化传送的白光包裹住碎片、肌肉男和金发机器人时，蹿回了碎片上。

白光把博士一起带走了。

多娜下意识地接住音速起子，抬头恰好看到博士和他们一起消失。

蓝色的小机器人惊讶地说："哦，真是出乎我的意料。"

"发生什么了？"说话者是一名戴着鼻钉的白人少年，他正朝这边跑来，身边还跟着一个庞大的机器人。

多娜一头雾水，说："博士……博士走了。"

少年问："走了？去哪儿？"

"他被传送到加拉曼的舰上了。"

刚才说话的小机器人突然咔嗒一声瘫倒，四肢无力地随意瘫软在地。

少年没理会小机器人,径直问多娜:"加拉曼?加拉曼·哈瓦帝?"

"你认识他?"刚才的一切发生得太快了,多娜还在努力消化。

少年没说话,轻轻碰了碰衣领上的某个东西,表情变得异常严肃,"凯莉克说这里有某种干扰场,无法把我们传送上去。"

多娜拿出音速起子,"是这个吗?"

"博士的?那就是它了,快把它关掉,否则我们就追不上他们了。我们必须尽快赶回飞船上,快!"

多娜有些晕头转向,她半信半疑地滑动开关,音速起子的蓝灯一下子熄灭了。少年又戳了下他的衣领。

多娜指着刚才还和博士说话的小机器人,问:"这个怎么办?它刚才还在和博士争论呢,可能和加拉曼是一伙的。"小机器人一动不动地躺着,看起来和周围散落的垃圾没什么分别。

少年道:"那一起带走吧。哦——"他看向笼罩在他头顶的"妈妈",指着地上的小机器人,"'妈妈',麻烦你了……"

身形庞大的"妈妈"默默地把小机器人捡起来握在掌心,它就像个洋娃娃一样。等这一大一小站到多娜身边时,少年再次轻戳衣领。

粒化传送惯有的刺痛感扫过多娜,她叹了口气,说:"知道吗,我已经开始——"

肌肉男对这次粒化传送中发生的意外非常不满,惊呼:"他怎么会在这儿?"

博士从碎片上跳下来,环顾这个紫色的房间,"真该让布尼联系一下你们的室内设计师,这装修太时尚了!"

"抓住他!"

博士知道,反抗只会让自己受伤,或许还会造成其他更严重的后果,所以他一动不动,任由金发机器人扣住他的手腕。不过他很快呼道:"噢!你不知道自己的力气有多大吗?你们的反馈感受器有问题吧?"

男人没搭话,倒是看见博士口袋里有一团鼓鼓囊囊的东西。他毫不客气地径自把它从博士的口袋中掏了出来。那是一个表面光滑的红球,大小和橘子差不多。男人问:"这是什么?"

博士随口道:"哦,这个啊……你不会感兴趣的,不骗你。要不你把它还给我,我们换个话题——"

奥格穆尼打断他,说:"这不是你的舰,博士。用不着你来教育我该对什么东西感兴趣。"他仔细观察着手中的球体,把它转来转去,研究那上面斑驳的黑色痕迹,"这是什么?"

博士答道:"大约不是什么好东西。"他希望奥格穆尼不要试图打开它。当然,即使试了也打不开。当初博士为了搞明白这是什么,已经这么做过了。"我猜不太可能是圣诞装饰品吧,看起来像吗?"

奥格穆尼挑了挑眉,尴尬地把它塞进自己兜里,然后说:"我过会儿再研究。"他夸张地叹了口气,嫌恶地打量着博士,"所以你就是那个博士?多娜的朋友?"

"而你是……"

男人回答说:"奥格穆尼。"他环视一圈后,发现少了一个人,便问,"多娜在哪儿?"

"啊,"博士佯作难为情地答道,"我替她来了。我把音速起子借给她了,希望她能替我好好照顾它,不要用它来刷牙之类的。音速起子有三个模——"

门突然打开,一个长着金色卷发、满脸颐指气使的小个子男人匆匆走了进来。他看到博士时,下巴都快惊掉了。他跑过来,上下打量博士,好像要把他吃掉或杀掉一般。

奥格穆尼道:"这是博士。"

"他怎么在这儿?"

"只让多娜一个人来这儿玩儿可不公平。"博士在机器人手里扭了扭,"所以我们就效仿了互换游戏里的做法。我必须夸一夸你们富丽堂皇的太空舰。但别指望我扫地哦,我最讨厌扫地了,熨衣服倒还可以接受。"

矮个男人微微眯了眯眼,"你认识那个没本事的外行——布尼?"

博士提点道："你可别小看布尼。他的确不够专业，飞船也挺破的，但他比你想象的要聪明得多。而且他有恒心有毅力，就凭这一点他也足够与你匹敌。还没请教，你叫什么名字？"

"这与你无关，但告诉你也无妨，我是加拉曼——加拉曼·哈瓦帝。"他傲慢地看着博士，"有印象吗？"

博士想了想，利安给他看的记录中确实有个叫加拉曼·哈瓦帝的人。但他故作迷茫地摇摇头，"没印象。我应该听说这个名字吗？"

这招成功地激怒了加拉曼，他没想到布尼居然没跟博士提起过自己。

但这其实不难理解，因为按照利安的说法，他们连这艘舰上到底有哪些耀暗之徒都不知道。不过，有一个人肯定是在的。

"顺便问一句，弥赛斯怎么样了？"

加拉曼瞪大眼睛，随后眼神阴郁地想：显然，布尼认为弥赛斯是重要人物，所以向博士提起过，而他加拉曼却不足挂齿。

"你认识他？"

"久闻其名。"

加拉曼抿了抿嘴唇，"你马上就能见到他了。"他瞥了眼奥格穆尼和机器人，"把他带到舰桥上去。我倒要看看，布尼和他的小伙伴知道多少情报。"

博士不愿机器人把他的胳膊扭脱臼，所以任由它们把自己拽走了。

多娜觉得，这件事越来越荒唐了。她和博士就像不同班次的职员，只有下午茶时才能见上一面。更糟糕的是，布尼飞船里的味道太难闻了。

"抱歉，我们没能留住博士，"布尼说，"他应该是用这个设备在你周围设置了干扰场，以防你被耀暗之徒传送走，但他自己却在干扰场覆盖范围外。至少你现在安全了。"

"是吗？"多娜将信将疑地抬头看了眼站在身后的银色巨型机器人，对方叫它"妈妈"。如果加拉曼舰上的金发超模算得上可怕的话，这位就只能用"骇人"来形容了。

她抓住布尼的话尾，赶紧问："你说的'以防我被耀暗之徒传送走'是什么意思？如果你们是好人，博士又为什么要迫不及待地甩开你们？"

"你应该这么想……"说话的人是利安。这位年长的妇女和其他队员一比，似乎有些格格不入，"如果我们在博士眼里是坏人，他就绝不会让你落在我们手里，对吧？"

多娜必须承认，她说得有几分道理。

"耀暗之徒是谁？加拉曼和弥赛斯？"

利安看了一眼布尼。她问多娜："他们没跟你讲过耀眼黑暗教？"

布尼冷笑一声,"他们提这些干吗,难道还要把自己干的勾当昭告全宇宙?"

利安说:"他们没理由藏着掖着啊,他们又没把那当作什么难以启齿的事情。"

多娜抬手打断他们,"停,停,别说了。我在加拉曼的舰上时,所有人都是高深莫测的模样,比马普尔小姐[1]还要神秘,现在我来了,却要让我给赫尔克里·波洛[2]配戏?想都别想。所以,快告诉我这到底是怎么回事!"

她先瞪了眼布尼,又瞪了眼利安。头顶的机器人发出轻微的响动,她都没有理会。它奇怪地看着她——或者说,多娜意会到了这位喷气引擎的机器人脸上的"表情"。

"加拉曼和弥赛斯领导着前——"

忽然,房间中央响起一阵刺耳的机械摩擦声,打断了布尼的话。

所有人的目光都聚焦在从星际垃圾站带回的小机器人身上。它甩动柔软的胳膊腿儿想要重获平衡,花了好几秒才从锈迹斑斑的地板上站起来。随后,安在它蓝色盒子躯干上的屏幕亮了。

"哦天哪。"它的声音十分活泼,转过来时它还抖了一下。

1、2. 马普尔小姐、赫尔克里·波洛均是著名推理小说家阿加莎·克里斯蒂笔下的著名侦探。

那张屏幕上出现了一张卡通小人的脸,它嘴巴大张,两条粗短的小眉毛高高扬起,表情惊讶得不行,"哦天哪……"它旋转着上半身,扫了圈房间内的情况。

布尼指着它,喊来了"妈妈"。转眼间,"妈妈"就走到小机器人身边,低头看着它。多娜发现,"妈妈"走动时不会发出任何响动,也完全没有她想象中地动山摇的声音。小机器人得使劲仰头才能看到"妈妈"的模样,多娜想,这么高大的机器人估计能把它吓个半死。

"哦天……"它又惊叹道。

"好了,好了,"利安打断它,"我们知道你真的很惊讶了。现在你快老实交代,你为什么要和博士争执?"

"啊?"它惊讶的表情看起来不像是装的,并让多娜想起了WORD文档曾经推出的一款回形针小助手,它除了表情丰富外一无是处。"你说谁?"小机器人问。它又开始转动身子,想要站起来,但"妈妈"强有力的铁手把它死死钉在地板上。

多娜严肃地说:"博士,你之前还和他讨论如果我死了,该在葬礼上送什么花。"

"和谁?讨论什么?"小机器人甩着手臂,徒劳地拍打"妈妈"的手,"哦天哪,这真是太出乎意料了。"

多娜蹲下来,视线和它齐平,说:"亲爱的,如果你不说实话,还有别的出乎意料的事情等着你呢。"

它的卡通表情又切换为"惊惧","那当然了嘛,我要是能料到会发生什么,还能叫'出乎意料'吗?不过……"它想了想,"即使知道要发生什么,也会出乎意料,因为'出乎意料'既可以指事情本身,也可以指事情发生的时间,对不对?"

多娜说:"什么?"

"我是说——"

"我知道你的意思。现在听好,如果你不老实交代自己为谁干活,我就……我就……"多娜来回踱步,寻找可以威胁它的东西,"我就让'妈妈'把你压扁、碾碎,让你的残骸小得连门挡都做不了。"

站在她身后的利安倒抽一口凉气,像电视剧里一样,用手掩着嘴,面色惊忧。

多娜见状翻了个白眼说:"它只是个机器人,如果有必要,我们还可以把它的电路板一块一块地拆出来……"

她在看到布尼和利安惊惧的表情后,猛地打住了话头。"妈妈"发出低沉的电子音以示不满,多娜听到后急忙转身看着它。

布尼低声说:"粗鲁愚昧。"

多娜不解地问:"你再说一遍?"

布尼正色道:"我真想不通博士怎么会对你有那么高的评价。你怎么敢在我的船上威胁别人的性命?你究竟来自哪个文明?"

多娜震惊地重复道:"威胁别人性命?我威胁谁的性命了?"

她诧异地指了指满脸惊愕的小机器人,"它、只、是、个、机器人。"她无力地蹲在地上,心想:她表述得还不够清楚吗?她怎么就和这群人沟通不了呢?然后,她问:"难道你不想知道它背后的人是谁?"

布尼直接忽略了她,转而问机器人:"你叫什么名字?"

小机器人答:"维欧。"

"维欧,多娜说你曾经威胁过博士,这是真的吗?"

"我?威胁谁?"小机器人环顾左右,似乎真的很迷惑,"稍等一下。"它闭紧眼睛,屏幕黑了一瞬。

多娜不解地问:"它在干什么?"

布尼道:"连接机联网,重新同步时钟。"

维欧使劲摇头,仿佛被蜘蛛网缠住了似的。然后,它睁开眼睛说:"哦天哪,我被劫持了!有八分三十七秒的空白。"

"你是说你不记得刚才发生了什么?"多娜不确定它有没有撒谎,又问,"机联网是什么?机器人的互联网?"

维欧点点头。它不停地念叨:"我有八分三十七秒的空白。"仿佛天底下再没有比这更离奇的事情了。

利安温柔地说:"维欧,能跟我来一下吗?我给你做个检查,看看到底出了什么问题。"

多娜不满地盯着这个女人,她对维欧的态度就像在对待一个年事已高、老眼昏花的亲戚,而不是需要用起子、扳手敲打的机器人。多娜觉得这儿没她什么事了，因为这群人显然更关心那个小机器人，而不是事情的真相。

"妈妈"帮小机器人站起来时，布尼说："好了，我们得去追踪耀暗之徒的太空舰了。凯莉克说，博士的改良能继续帮我们追踪。"他轻蔑地看了多娜一眼，"你最好跟着我。"布尼说着朝门口走去，"虽然我不明白为什么，但博士显然很看重你。"

多娜还没来得及回应，布尼已经大步流星地走了。

多娜自言自语道："博士，希望你和我一样玩得开心……"

"暗意之光舰"的控制室中央钉了一把椅子，上面绑着博士。金发机器人静默地站在一旁。

加拉曼双手叉腰，问："博士，你为什么非要跟着我们传送上来？"

"嗯，没什么原因，就是想换换风景。而且我听说了很多关于你们的故事，所以就想'百闻不如一见'嘛。"

加拉曼听他这么说，眉头一扬。然后，门嘶的一声打开，他瞥了眼门口，对来人说："这是博士，多娜的朋友。"

只听一个悦耳的声音轻柔地说："加拉曼，你在我心中的形象已经开始动摇了。有必要把他绑成这个样子吗？你还没从多娜那件事上学到教训？"说话者是一个三条腿、三只手的蜥蜴，他失望地摇摇头。

"我叫弥赛斯。"他对博士说道。说话间,他的大眼睛一眨不眨,鼠灰色的虹膜中间是钻石形的瞳孔。

博士兴奋地笑了,"啊!臭名昭著的弥赛斯。"

弥赛斯紧张起来,"臭名昭著?"

"你听说过王尔德那句关于非议的名言吗?"

弥赛斯答:"没有,他怎么说?"

"这世上比遭人非议更惨的是无人问津。很高兴认识你,我本想和你握个手,但你看……"博士低头看着自己被绑得动弹不得的双手,勾了几下手指。

弥赛斯激动地说:"苍天啊,加拉曼,快松开他。这么做能有什么好处?这次你打算卸掉他的哪个部位?头吗?"

博士心里咯噔一下。他很珍惜自己的头,而且很确信,它一旦被砍掉是长不回来的。不过如果它长了回来,说不定会长出一头他向往已久的红发呢,就像他的同伴红发女神那样。

加拉曼不屑地挥挥手,"那我不管了,你来!我们马上就要抵达圣缇利恒星系了,我不能分心。"他使劲甩甩头,摇晃着走到舰桥的主座上。

弥赛斯开始用两只手、六根手指给博士松绑。

博士揉揉手腕,高兴地说:"啊!谢谢你!"

弥赛斯谦逊道:"真是不好意思。"他冲金发机器人挥挥手,机器人安静地走开,站到门口。"加拉曼的确有些急于求成。"

"哦,不要苛责他,有激情是好事。况且他也已经忙得焦头烂额了,要集齐碎片,完成赫努的计划——有什么不妥吗?"

弥赛斯脸上的表情堪称一绝,他的手指不断屈伸,像躁动不安的蛇,"你怎么……怎么知道赫努的事情?"

博士答:"记录里写得很全啊。不对,不能算全,因为记录里没有提到赫努的目标。这也是我来这里的原因,我想和你们这些当事人好好聊聊,也算是了却一桩心愿吧。"

他一边拉伸手臂,一边看着弥赛斯,然后粲然一笑,"所以,我们从哪里开始聊好呢?"

10

多娜开始后悔了,这还不如让她和加拉曼、弥赛斯待在一起呢。虽然前者曾威胁要扭断她的手指,但至少不像这群人一样把敌意摆在脸上。她不过是想从维欧嘴里撬出点信息来而已。她虽然未遭囚禁,但他们派了身形巨伟的钢铁机器人"妈妈"来看守她。这和囚禁有什么区别?

她坐在一个美其名曰"餐厅"的房间里,问道:"他们为什么叫你'妈妈'?哦,对不起,我忘了你不会说话。"

多娜沮丧极了,她好不容易才和博士重逢,结果没过几秒又被迫分开,现在她又得重新认识一批怪人。这些人提起博士的语气说明他们之前相处得十分融洽,但是多娜担心自己已经把博士在他们心中建立起来的好感给毁了。她不明白,为什么这些人对待机器人的态度如此扭曲?

她的食物看起来像鱼肉馅饼,口感却像芝士三明治。"妈妈"一直安静地站在旁边,低头看着她。

"你能不盯着我吃饭吗?"

"妈妈"歪歪脑袋,好奇地研究着多娜,好像这是它第一次见到人类似的。多娜转念一想,不知道机器人有没有性别?区分性别的依据是什么?

多娜把吃剩的饭推到一边,问:"博士是怎么形容我的?迷人?诙谐?时尚又不乏实际,而且求真务实?"

"妈妈"只是静静地看着她。在房间里另一名队员离开后,"妈妈"像个多疑的人类一样,先环视了一圈,然后在桌子的另一头跪下。多娜差点儿就以为"妈妈"要掏出戒指来向她求婚了。

"妈妈"的胸前忽然出现了一小团粉光,然后一个闪烁的长方形浮现在她们中间。

> 多娜。红发女神。

浮现在空中的文字和"妈妈"的眼睛一样,都是红色的。

"你怎么知——哦!"多娜笑了,"是博士告诉你的吧。"

> 我亲眼所见。

"真的?在哪儿?"多娜突然想到了什么,"是你推下那块石头的,对不对?"

> 是的。

多娜说:"谢谢你啊。如果不是你,我们就要被架在火上烤了。嗯,至少弥赛斯和奥格穆尼肯定逃不掉。"

> 不用谢。

多娜安静下来,因为屏幕上出现了一段视频,而视频里的人竟是她自己！画面中的她走近一个位置不明的镜头，然后回头看向某人，嘴里无声地喊着什么，很明显在和那人吵架。然后画面定格又重放，一遍遍地循环起来。

她问："这是从哪儿来的？"

＞在美惠星时，你曾竭力救助机械造物ZB2230/3。

"哦！它啊！"多娜想起来了，是那个机器妞。

＞为什么要救它？

多娜不解，"它受伤了啊。"

＞它的利帕诺夫值只有23，并无知觉，而你却把它当作有知觉的生命来看待。

"什么值？"

＞利帕诺夫值，用于衡量机械的知觉能力。利帕诺夫值大于等于40的机械造物，才算有知觉能力，低于40的则没有。

字幕滚动得太快，多娜来不及读完，"哎哎，亲爱的，倒回来点儿。"

"妈妈"把文字回滚了一段，这次放慢了速度。

"那你的利帕诺夫值是多少？"

＞80。

多娜捧场地说："哇！那你很聪明啊！"

＞这和智能没关系，仅仅代表知觉能力和自我意识。

多娜嘴上说"这样啊"，其实完全没听明白其中的区别。

> 维欧的利帕诺夫值有68，而你却把它当成比ZB2230/3还无知无觉的机械造物。是因为外表吗？

"呃。"多娜开始跟不上"妈妈"的思路了。

> 因为它不太像"人"，你就认为它知觉度低。这样说是否准确？

"啊？"

> 你根据外表判断了它的价值。

多娜下巴都快惊掉了。她想起了自己当初同弥赛斯争论机器妞和门的区别的事。然后，她气得脸都红了，"你怎么能这么说我？这么说，你觉得我是种族主义者啰？我理解得没错吧？"

> 种族主义者的判断依据是种族，你的判断依据是外表。这不一样。

多娜紧紧抿住了嘴，然后又张口，想说些聪明犀利且不失幽默的话来反驳。然而，她找不出任何辩词。

"妈妈"指责她依据外表而非知觉度来评判机器人的价值。这和种族主义有什么分别？如果她反驳不了前者，又如何真正辩解后者？多娜扪心自问，知道自己不是种族主义者。然而无论她如何翻来覆去地思索，都逃不开对方结论中某些令她心惊的东西。

与此同时，"妈妈"一直跪在那里，静静地看着她。

多娜咬咬嘴唇，不敢直视"妈妈"的眼睛，小心措辞道："在我家乡，情况和这里不一样。"她鼓起勇气，看着面无表情的"妈妈","我们没有……"她向"妈妈"点头示意,"像你、像维欧一样的机器人。"多娜再次停下来,斟酌该用什么词,"你们——你们仙女星系的人都太……太……诡异了。我没有冒犯的意思。"多娜连忙补充道,"用诡异来形容不太准确,只是……奇怪,不一样。在我老家奇斯威克,唯一称得上跟机器之间的交流的,就是冲复印机发脾气。"她又摇了摇头,"当人们看到长得和人不一样、行为也和人不一样的事物时,就会自然而然地以为它不能像人类一样思考,对吗?"

> 可以理解。

"妈妈"这么赞同了一句。接下来便是长久的沉默。

然后多娜才平静地开口道:"但这样做是不对的。"

> 的确不对。但是,人只有在选择无知时,才会真正无知,不是吗?

多娜自嘲地笑笑,"你是说,我可以自己决定对他人的了解程度吗?我现在觉得你真善良。"

> 别人说你无知,很好吗?

"总比说我是种族主义好。我应该道歉,但今天这件事只道歉是不够的。"

> 我们都是程序和教育的产物,我们如何超越既定程序本身,做出自己的选择,才是明确自身定位的依据。我生来是一个战争机器,但我选择了改变。所有人都有改变的能力。

多娜咬着手指甲，回想起加拉曼和弥赛斯，他们一直坚信自己的做法是绝对的真理。然而，为什么如此执着的人错得如此离谱？

"但是，机器人是没有感觉的对吗？我没有恶意，只是……"多娜不知该怎么表述，"机器人就只是物品而已啊！它们是由金属、电路等各种材料制造出来的。不是活的。或者说不是真正意义上活着的。"

﹥也许你不是由金属制成的，但也是"各种材料制造出来的"。至于具体是什么材料，有那么重要吗？

"可弥赛斯说机器人的思考和感觉都只是模仿。"

﹥那你怎么知道，你自己的思考和感觉不是模仿？

"我就是知道啊，"多娜指指自己的脑袋，"靠这儿，我知道我的感受。"

"妈妈"重复多娜的动作，抬起钢手指指自己的脑袋。

﹥我也是。

妈妈的话给了多娜很多启发，但她还没来得及一一消化，就被布尼叫去控制室了。当多娜和"妈妈"走进控制室时，看见维欧像个兴奋过度的孩子一样，到处撒欢儿，和包括服务机器人在内的其他机器人聊着天。"妈妈"说这些服务机器人的利帕诺夫值很低，也就只能搅拌食物。

利安说:"这事跟它没关系。某个精通机器人和通信系统的人控制了维欧,它不过是个传话筒而已。我查遍它所有的内存,只找到了一个空白片段。"

多娜推测道:"会不会是加拉曼?"尽管之前和"妈妈"谈了很多,但当她把这个名字说出口时,还是隐约有种背叛的感觉。

布尼沉着脸,"除了他还会有谁?"

维欧看到多娜过来,卡通小脸立马换上悲伤的表情,"对不起。"

"没关系。"多娜轻轻拍了拍它,又担心这个动作太高高在上,于是补充道:"这不是你的错。我为之前欺侮你的行为道歉。我只是太担心博士了。"

"没事儿!而且,"维欧转过上半身,指着控制室和里面的人说,"哇!"它的眼睛瞪得大大的,"你们不知道我有多兴奋,绝对超乎你们想象。这种在宇宙中穿梭并追捕坏人的事,对你们来说可能只是家常便饭,但对我这种一辈子都耗在星际垃圾站,每天只做登记、分类、整理的……"说着,它还做出打字的动作,"这简直是我做梦都想要的生活。接下来要做什么?我们去哪儿?"

看着面前像小狗一样的维欧,多娜忍不住笑了。无论弥赛斯和"妈妈"谁说得对,无论维欧的激动是模仿的还是真实的,它的情绪都深深地感染了多娜。

"在加拉曼的太空舰所行驶的超空间航线上,一共有两个恒星系,"凯莉克边说,边在控制室前方调出一块透明的全息屏,"一个是圣缇利恒星系,主星是黑洞;另一个是辟修恒星系,有双星系统。如果他们寻找的是宜居星球,那么辟修的可能性更大。辟修恒星系里一共有十六颗行星,只是这十六颗行星的轨道异常不稳定。而圣缇利恒星系有三十六颗行星,但由于它的恒星比较特殊,所以星系里已经基本没有生命迹象了。"她耸耸肩,"我们得等他们从超空间里出来才能知道结果。差不多一个小时后吧。"

布尼转向多娜,说:"在此之前,我们需要谈一谈。"

多娜点点头,说:"我非常非常抱歉——"

"不,不,"布尼打断她,"我要谈的不是这个,这个我们以后有空再说。我想问问你关于加拉曼那伙人的情况。我们不能放过任何有助于识破他们诡计的信息。他们都说过什么话?多无关紧要都无所谓,你慢慢想,我们看能不能发现什么线索。"

弥赛斯说:"我曾经与你的同伴多娜相处得不错。虽然她过去的一些想法非常……非常奇怪,但本质上曾是个好人。"

"你能不能别老用'曾经''过去'这些字眼?"博士说,"如果不出意外,她现在应该活得好好的,而且她现在也是个好人。怎么,她都说什么了?"

弥赛斯说:"她和机械造物的故事都很有意思。"博士闻到他身上有股鱼腥味和薰衣草味。这种混合气味不常见，但也绝对算不上博士见识过的最难闻的味道。

"她和你讲过圣诞老人机器人的故事啦？"

弥赛斯点点头，"从她的话语中，我感觉你们星系的机械文明远远低于我们。"

博士说："看起来似乎如此。但银河系和仙女星系如此浩瀚，而我们了解的仅仅是其中一部分，以偏概全未免有失偏颇。虽然我这话也有'概括'的嫌疑，但一概而论从来都不是个好习惯。"他调皮地朝弥赛斯眨眨眼，不过弥赛斯似乎没明白其中的深意。但弥赛斯还是赞同道，"你说得没错。"博士觉得他同意得也太快了。而弥赛斯只是继续说："但有一点你不能否认，机械生命和有机生命之间一直都存在摩擦。"

"'一直'这个词也太大了，和'每个''从不''他们全是懒散而予取予求的饭桶，应该统统滚回自己的星球'这些表述有什么区别？"博士依然笑着，但眼中并无温柔和笑意，"我们刚才不是说好不要一概而论吗？"

弥赛斯沉默了一会儿，说："我明白了，你是亲机派。"

博士听到这句话时竟然有些兴奋，"我？亲机派？我更愿意认为自己是'亲人性派'，而且不拘泥于人性的表现形式。"

弥赛斯刚想开口，便被博士抬手制止了。博士继续道："如果你要跟我争论机械造物是不是活的，我劝你还是省点时间，就此打住。即便不把别人看成同类,也不应该区别对待。而且'区别对待'通常意味着'恶劣对待'。种族隔离和集中营不就是这么产生的吗?"

弥赛斯说:"但事实就是事实。"

"你所谓的事实是狂妄自大的。这种狂妄自大、固执己见的谬论我一个字都不想多听。我宁愿你跟我讲讲,你们收集这些碎片到底是要造什么东西?"

弥赛斯的手又扭动了起来。

博士语调轻松地说:"在我看来,如果你真的相信这些废话,那你应该引以为傲,并且忍不住向我鼓吹你们的计划。但你不觉得有机至上主义已经过时了吗?比如'我们比你们优越,因为我们是血肉之躯,而你们是破铜烂铁'。你看起来是个聪明人,所以你真的信吗?还是只是把它当作周末的消遣?就像重演军事战争的情节或者猛喝廉价果酒直到烂醉一样。你不会真心相信这些的。"

弥赛斯说:"你我的经历不同。我们星系里的机械智能泛滥成灾。只要有足够的资源,它们的繁殖速度可以超过大多数有机生命。"

博士赞同道:"这话不假。但它们并没有这么做。你回想一下,有机生命和非有机生命和平相处了多少年?两者有多少个世纪没有发生过战争,哪怕小冲突也没有?有机和非有机生命又为彼此的文化做出过多少贡献？"

弥赛斯坚定地说："但这种和平不可能一直维持下去。"

博士倾身正视弥赛斯，"为什么不能？你们一直和平共处至今，不是吗？如果我们星系的人能亲眼看一看，也会为你们的成就震撼不已。难道你们不想做促进星际和平融洽的先行者，反而自甘于那种吵闹不休的孩子气形象？"

"站着说话不腰疼，"弥赛斯的声音中透出挫败感，"你根本不清楚其中的利害。"

博士道："我觉得我已经了解得非常清楚了。但，既然我们谁也说服不了谁，不如你来跟我说说你们的计划。赫努的宏图伟业到底是什么？说完我就可以回去找多娜，不再插手你们的事务，怎么样？"博士笑笑，但稍稍有些紧绷。

弥赛斯戒备地看着他。这时，加拉曼的声音骤然从通信器中传来："我们正在进入圣缇利恒星系，所有队员各就各位。重复，所有队员各就各位。"

"哎呀！"博士垂头丧气道，"你差点儿就要告诉我你们的计划了呢。真扫兴！"

11

博士发觉自己简直愚不可及。他看着离"暗意之光舰"的舰体半公里远的地方,一个组装完毕的仪器在太空中转动着。那四块碎片相互堆叠,组成了一个圆柱体——当然,他现在看到,已经晚了。每块碎片在随着整体转动的同时也在自转,最后,仪器的一端指向了圆盘状的圣缇利黑洞。

"你们这是要打开黑洞!我早该猜出来的。"博士转向加拉曼,缓缓说道。

弥赛斯问:"为什么你早该猜出来?"

博士耸耸肩,"嗯,你们从阿拉拉星盗走的那件展品,有非常先进的维度共振线圈;从我零星收集到的数据来看,美惠星上那块碎片含有某种零点能转换器;星际垃圾站那件碎片的各项数据都与空间失相器相符。把它们拼在一起,不就是本星系最大的开罐器吗?"博士笑笑,对自己的比喻十分满意,"要在平时,我定会夸一句'妙啊'。可这次,我觉得除了你们之外,不会有人觉得它妙。"

加拉曼干笑起来,"开罐器,倒挺贴切的。我曾一度担心你会发现它的用途,不过到了这会儿,你发不发现已经不重要了。"

博士懊恼道:"当然重要,不过我能做的不多了。"

加拉曼笑笑没说话。

"所以黑洞里藏着什么?沉眠着一支慑人的有机大军,只等一朝醒来与机械智能竞相抗衡?还是一个避难所?它能如世外桃源一样庇护你们这些有机至上主义者,让你们免却偏执之忧?还是仙女星系的缩影,你们要把它打造成一个没有机械种族的理想之地?"

加拉曼还是不说话,他只是指指屏幕。

位于"暗意之光舰"一侧的"开罐器"体积很小,形状如同宝石,周身跳动着夺目的蓝光。在"暗意之光舰"远方伫立着星系之心——圣缇利黑洞,在它身后,被它遮蔽的星光反而勾勒出了它的形状。

"启动。"加拉曼一声令下,弥赛斯便在控制板上操作起来。

"开罐器"周围蓝光大盛,并逐渐加深至黛紫色,随后,它飞出"暗意之光舰"探测器的扫描范围,归于黑暗之中。

弥赛斯说:"失相器启动。"

博士看向加拉曼,他的脸上露出了救世主般的喜悦,然后他说:"睁大眼看看,博士。虽然你不讨喜,但我还是很高兴有外人能见证这一刻。"

加拉曼让弥赛斯提升探测器的扫描精度。博士眯眼看着重新跳出来的画面，在黑洞边缘，依稀可见一个巨大的轮廓从黑暗中显现出来——像从大雾里驶出的豪华游轮。

那庞大的影子正渐渐离开黑洞，朝他们靠近。随着距离逐渐缩短，"游轮"逐渐变大。它主体纤长，呈淡绿色，两端尖尖，像脱谷后的大米。无数的天线和支柱垂直于船体向外伸出，如同在它表面裹了一层刺。越靠近它的末端，刺越密集。博士越看越觉得它像马桶刷。船体与舰身越来越近，博士清楚地看到它表面闪烁着细小的锐利光芒。

加拉曼低声说："它叫'火炬号'。"

博士哼了一声，说："你们是有多喜欢光和暗的隐喻？'耀眼黑暗''暗意之光舰''火炬号'。下一个要叫什么，'风中之烛'吗？不过说实在的，这的确很震撼。建造它一定花了不少时间吧，毕竟你们还要避开世人的耳目。"

"的确耗时不短。日复一日，年复一年。最难的部分就是要秘密建造。讽刺之处在于，我们雇佣的建造者正是原始机器人。"

"然后一完工，就抹除它们的记忆。"

"没错。如果它们真有知觉能力，就应该发现，自己是在自掘坟墓。"

"确切的说法是种族灭绝。"博士严肃地纠正道。

加拉曼没有回应他，只是生硬地笑了笑。他口中的"火炬号"

驶离圣缇利黑洞后,周围渐渐增多的光线让人们看清它逐渐放慢了速度。

奥格穆尼突然瞥了一眼博士,说:"我们收到了信号。"

加拉曼问:"谁发的……"他"的"字还没说完,就赶紧改口道,"安全问题?"他也瞟了博士一眼。显然,他俩之间的哑谜并不想让博士猜到。

奥格穆尼笑着点点头。

加拉曼没头没尾地说:"太好了!把这边的事处理完,就可以干正事了。"

奥格穆尼站到武器系统的控制板旁,脸上冷酷的笑容说明他对一切心知肚明。

加拉曼下令道:"给武器蓄满能量。是时候解决布尼和那群机器人爱好者了。"

博士喊道:"你要做什么?"

与此同时,奥格穆尼听令,转身面向控制板,开始执行操作。

"难道我还会留着他们这群乌合之众来坏我大计吗?"

博士紧盯着奥格穆尼,声线平板地说:"他们构不成威胁,放他们走。"

加拉曼说:"我可不这么认为。事情不到最后一刻,随时都可能出现变数。何况游戏已经接近尾声了,我不想冒险。"

博士直起身子来,"你要知道,如果他们死了,我会拼尽全力阻止你。"

加拉曼厌倦地挑起眉头,"你难道会说,如果我放他们一条生路,你就不再插手?我可没那么天真。其实我很想现在就杀了你,但弥赛斯不会同意,他的良心过意不去,我可不想看他发疯。另外,我很期待当你发现'火炬号'上搭载的东西时会露出什么表情。你就当这是在满足我的职业成就感,或者说表演欲吧。"

说完,他用眼神询问奥格穆尼,奥格穆尼点头回应。于是,他大吼一声:"准备!"接着,他对博士笑笑,"和多娜道个别吧,博士。"然后,他朝奥格穆尼点头示意,"开火。"

奥格穆尼按下了按钮。

布尼的飞船忽然剧烈地摇晃起来,震荡的源头似乎来自飞船内部。多娜听到轰隆一声,接着,整艘飞船都激荡着回音。她发觉脚下的地板不停地颤动,便紧紧抓住布尼的椅子稳住自己。

"怎么回事?"

"他们朝我们开火了,"凯莉克又确认了屏幕上显示的内容,难以置信地说,"他们朝我们开火了!驱动装置受损,三号和四号舱板严重损毁。我们漏气了。"

"正义之剑号"再度倾斜,把多娜重重甩在墙上。"妈妈"随着船体摇晃,腿部的液压器为了保持平衡嘶嘶作响。

布尼拔高声音盖过警笛,喊道:"能封闭那些区域吗?"与此同时,紧急照明亮起,整个舰桥都笼罩在红光之中。

凯莉克过了片刻才答复道:"来不及了。驱动装置冷却剂泄露,已经开始溶蚀船体,船体最多还能坚持——大约十一分钟。"

布尼狠狠拍打着自己的额头,咬牙怒道:"不!不!"

"布尼,"多娜极力保持着镇静,"你们有救生船、救生舱吗?我不知道你们管它叫什么,反正就是这种东西,有吗?"

"什么?"布尼先是疑惑地看着她,仿佛她在胡言乱语一般,随后他才醒悟过来,"有,有。"

"好,那让所有人都上去,队员、机器人,都上去。如果飞船爆炸了,我们还能有一线生机,对吗?"

布尼呆滞地盯着她,眼下发生的一切使他彻底丧失了反应能力。多娜从他眼中看到了无尽的绝望。

"哦天哪,"维欧的眼睛瞪得溜圆,卡通脸上写满了震惊,"多娜说得对,我先上,我先上!"

"闭嘴!"布尼用手揪着头发,狠狠打断了它。

多娜立刻想起了博士,如果是他会怎么做呢……"凯莉克,快下令!让所有人弃船!"多娜喊道。

凯莉克看向布尼,征求他的意见。多娜一度以为布尼要崩溃了,但最后他严肃地点了点头。凯莉克立即抓起麦克风向队员传达命令,让所有人进入逃生舱。

"呼——"维欧舒了口气,"这我就放心了——我们还等什么?"

布尼说:"什么也不等,我们哪儿都不去——我哪儿都不去。"

多娜冲他大吼:"你没听到凯莉克的话吗?"说着,她伸手就要去抓他的手臂。就在此时,船体深处又发生了爆炸,把他们震开了。多娜的屁股狠狠磕在布尼的椅子上。"飞船马上就要爆炸了,留在这里有什么用吗?你以为这是拍电影吗?你独自站在船头随船一起沉没,然后所有人夸你'好伟大'?"多娜抓住他的手腕使劲摇晃,直到布尼抬头看她,又补充了一句:"你会没命的。"

布尼用力舔舔嘴唇,扯开了多娜的手。"可不只是我,不会的。"他奔向凯莉克,问,"我们还有驱动力吗?"

"只剩下相对位置推进器了,怎么了?"

布尼揉着额头,考虑了一会儿,然后说:"够用了。把它们全部打开。就算我们会死,也要把他们拉下水。"

"你说什么?"多娜为了盖过警笛声,扯着嗓子喊道。

布尼指着屏幕上那个正从圣缇利驶出的多刺巨物,说:"那艘飞船就是他们的终极武器。它是他们多年的成果。一旦他们得手,我这些年的努力就白费了。"他眼睛看着多娜,对凯莉克命令道:"撞过去,这艘船是我们仅剩的武器,得好好利用它!"

博士冲向奥格穆尼,对他怒吼道:"住手!"

加拉曼一个手势招呼金发人形机器人上前。它的双手随即紧紧环在博士胸前，让他根本无力挣扎。如果他手里有音速起子，或许还能使机器人停摆或者电路扰乱。但他现在什么都没有，而他的手臂被死死固定在身体两侧。

门突然打开，弥赛斯快步走进来。他质问加拉曼："怎么回事，你为什么开火？"

博士看得出来，加拉曼对弥赛斯的出现感到十分烦躁。加拉曼说："因为我们的敌人布尼啊。是时候了结他了。"

弥赛斯疑惑道："你不能这么做，船上还有有机生命。"

加拉曼怒吼："就算有也没几个！何况，你真以为不杀一兵一卒，不伤害一个有机生命，就能完成我们的计划？"

弥赛斯无助地挥着手，"我没有，但是……你曾说过不会造成不必要的伤亡。你说过不会摧毁他们的飞船。"他的声音里带着一丝哭腔。

"那你就把这看作接下来那些不幸伤亡的开始吧，这一切最终都是必要的。"

博士在机器人的钳制下连呼吸都很困难，他气息不稳地说："弥赛斯，让他放了布尼他们，他们已经影响不了战局了。他们的飞船可能已经残破不堪，甚至可能连人都死了。快让他们取消进攻吧！你不是说你在乎生命、在乎有机种族吗？证明给我看吧！让他们住手。"

弥赛斯看向加拉曼，张嘴想说什么，却被加拉曼抢先了："我们花了这么多年的心血，计划了这么久……你想因为你的感情用事，就让一切付诸东流？"

"可是……万一博士说得没错呢？他们已经影响不了战局了。"

"弥赛斯，你真的愿意赌这一把？"

奥格穆尼小心翼翼地插嘴道："加拉曼。"

"怎么了？"

"那艘飞船——布尼的飞船动了。"

加拉曼猛地看向主屏幕，奥格穆尼把图像投影过去。"他们在逃跑吧？"加拉曼低声说，他肥厚的嘴唇扯出一个残忍的笑容。

奥格穆尼皱眉道："不，不是在逃跑，这个方向不对。他们在朝圣缇利进发。"

博士最先反应过来布尼打的是什么主意。他在机器人怀里挣扎道："我的天！看来他们也不是毫无还手之力啊！"

"他们打算干什么？"加拉曼说着朝屏幕走去。"正义之剑号"逐渐加速，相对位置推进器只发出了微小的光簇，说明其驱动力已所剩无几。不过，光这些也已经够用了。

"他们朝'火炬号'驶去了。"奥格穆尼不敢相信自己说的话。

弥赛斯忧心忡忡地惊呼一声，小声说："他们打算撞上去。"

"不！他们休想！"加拉曼咬牙切齿地说，"瞄准他们——这次我们要彻底了结他们，永绝后患。"

"紧急逃生舱分离，"凯莉克一个个地数着，看着它们打着旋儿消失在黑暗中，"船员们都安全了。"

多娜不知道紧急逃生舱能否安全返航，也不知道它们会不会在宇宙中无依无靠地游荡，直到燃料耗尽。但不管怎样，总比坐在这里跟"正义之剑号"一起撞上去要好。

维欧无助地甩动双手。"我们该走了，"它一遍遍地重复着，"我们该走了。我可没打算送死。哦天哪。"维欧看到凯莉克面前的屏幕，突然不说话了。然后，它夸张地倒抽一口冷气，"逃生舱——逃生舱都走了。"

"维欧。"多娜语气轻快地喊它。

小机器人抬头，"怎么了？"

"闭嘴。"多娜说完转向凯莉克，"我们还有多久就会撞上他们？"

多娜口干舌燥，心脏怦怦直跳。他们几乎必死无疑，但有某种莫名的力量，或许是肾上腺素，或许是接二连三让她应接不暇的各种事件，帮她克服恐慌。倒不是说多娜无所畏惧，只是她来不及理会它们。每波恐慌席卷而来时，都叫嚣着想把她打败，让她变成一个只会躲在角落尖叫的胆小鬼。可每次多娜都能把它们压下去，并不断告诉自己："博士也会这么做。博士也会这么做。"

凯莉克答道："八分钟。"多娜可以听出她声音中的颤抖。

"八分钟。好的,可以开启自动驾驶模式撞过去吗?"

凯莉克点点头。

"很好!那就快去,锁定控制板。我们还有救。"

维欧提出异议:"可是逃生舱都走了啊。全都走了,一只不剩。"

多娜蹲下来温柔地说:"维欧,还记得刚上船时,我威胁你说,要让'妈妈'把你怎么样吗?如果你再说话,我就亲自动手……我们还有一只逃生舱。"

凯莉克说:"维欧说得没错,我们没有别的逃生舱了。"

多娜粲然一笑道:"不,我们还有一个。别担心!"说完,她在走廊上徘徊了一会儿,等凯莉克把控制板设置为自动模式。

布尼看着在走廊上冲他们招手的多娜,皱眉说:"希望你的脑子还是清醒的。"

多娜笑笑,"相信我。"飞船又是一阵颤动,多娜抓住门框,"虽然我不是博士,但名师出高徒嘛。"

他们花了将近五分钟才从舰桥回到一片狼藉的船体内部。主廊被震落的残骸堵住,"妈妈"轻而易举地把其中扭曲的梁柱和倒下的墙体移开,仿佛它们是纸片和塑料做成的。维欧总是率先从缝隙里溜过去。布尼提醒它,每个拐角都可能有未知的风险,此后,维欧便老老实实地挤在队伍中间了。

"快到了。"多娜说。他们快要走到小货舱时,布尼才明白多娜说的逃生舱是什么。他向来苦大仇深的脸上终于绽放了一个微笑。"如果你想在我的飞船，呃，下一艘飞船上谋一份职位的话……"他话还没说完，就看到了多娜震惊的表情。

她呆呆地盯着舱门上落满灰尘的观察窗。这扇舱门是通往货舱的门之一。此刻舱门封死，不过只要通过这扇门，就可以登上最后的逃生舱——塔迪斯。

但，多娜透过厚厚的玻璃看到的，只有空无一物的地板，再无它物。这间原本存放着塔迪斯的货舱，竟然在攻击中被炸穿了。而他们唯一的逃生工具，也不见了踪影。

12

"麻烦大了。"多娜自言自语道。她算不算弄丢了塔迪斯呢?"不过,反正我们也快没命了。"

爆炸再起,船体又是一阵摇晃。远处传来的金属撕裂声吓得多娜一激灵。她转头看向凯莉克,"好吧,没有塔迪斯了。你确定一只救生舱都没有了?紧急情况下用的都没了?"多娜摇了摇头,"我在想什么呢?救生舱可不就是在紧急情况下用的。你确定粒化传送机也坏了?"

凯莉克点点头。

布尼突然说:"八号舱呢?"

凯莉克提醒他道:"我们已经好几个月没用八号舱了。"

多娜激动地问:"没用它?为什么?"

"锁定机制卡死,外钳在真空作用下压在一起了。"

"什么意思?是说如果把它破开,就能用了是吗?听说过WD-40牌万能润滑油吗?没有?算了。"多娜看着他们迷茫的脸,又问,"不能把它晃松吗?或者砍开?"

"从里面没法打开,而且我们的疏散服也用完了。还有一个问题,八号舱只能容纳四人,可我们有五个,而'妈妈'的体型……"

多娜正急得挠头,船体忽然猛晃,把她甩在墙上。多娜对自己说:"快想办法,多娜,快想!"

突然,她看向"妈妈"的眼睛亮了。

"妈妈"!

她有主意了!

多娜挤进八号舱的舱门,和布尼、凯莉克肩碰肩、肘挨肘。她抱怨道:"你确定这是为四个人设计的?不是四个侏儒?"

"嘿!"维欧大嚷一声,翻身爬上舱内一张软垫座椅,"你对侏儒有什么意见?"

凯莉克系上安全带,难以置信地摇摇头,问多娜:"你确定这主意能行吗?"

多娜直白地说:"不确定。我怎么知道这能不能行?但如果你有更好的想法,趁现在还有时间赶紧说吧。'妈妈'!"她仰头看向还在舱外的妈妈,"你准备好了吗?"

"妈妈"无声地点头。舱门咔嗒一声关闭了。

多娜靠在靠背上,笑着说:"这不挺好的吗?挺舒服的。你觉得'妈妈'破开那玩意儿需要多久?"话音刚落,"正义之剑号"再次传来一声爆炸,这次离他们更近,动静也更大。

布尼看了眼手表说:"船上已经没人了,'妈妈'可以打开飞船的舱门走出去。我们马上就能知道结果了,反正不是死就是生。"

多娜深吸一口气。她只希望自己的主意不要害死大家。之前,所有人都觉得,就算能释放逃生舱,也没有足够的空间让"妈妈"坐进来。而多娜突然灵光一闪——"妈妈"不需要空气啊。虽然维欧也不需要,但它没有"妈妈"的力气。

整个逃生计划简单明了。也许就是因为过于明了,多娜甚至一度怀疑它的可行性。计划是:他们三个人类和维欧坐进逃生舱,"妈妈"从舱外松开钳口,然后待在逃生舱外搭上一程。凯莉克检查过了,逃生舱的推进器完好无损,完全有能力把他们送到从圣缇利里出来的那个太空舰上。虽然他们在那边会受到怎样的待遇还未可知,但不管怎样,总比和"正义之剑号"一起炸毁强。

舱体传来一声尖锐的金属撞击声,吓了他们一跳。然后又是一下,仿佛有巨兽要闯进来。凯莉克看多娜脸色不好,安慰道:"只是听起来比较可怕罢了,相信我。虽然我不是博士。"她生硬地笑了笑。

一连串的撞击声接踵而至,然后,一阵令人胆寒的摩擦声传来。最后一次撞击结束后,响起了经久不衰的尖锐撕裂声。当大家以为这声音会一直持续下去时,一切突然安静了。

凯莉克惊呼道:"它成功了!钳口松开了——哇哦!"

舱体突然一歪,幸亏他们都系了安全带,否则就要在这拥挤的空间里抛来撞去了。舱内的灯光突然变暗,转为一片红色。多娜抱怨道:"太空飞船对红灯有什么执念吗?不用你亮灯我也知道情况很糟。哦,我的天,我感觉……"

凯莉克解释道:"进入失重状态了。"

"可不是么。"多娜努力克制住向上翻涌的呕吐感。

维欧激动地喊道:"哇哦!各位抓紧——我们出发啦!"

若有人从旁目睹这幅景象,定会攥紧双手、激动不已。"正义之剑号"躯壳上那一连串爆炸像涟漪一样荡开。爆炸撕扯、扭曲着船体,朝小小的八号逃生舱逼近。"妈妈"紧紧地抱住八号舱的顶部,伸开四肢拼命抓紧舱体。

就在"正义之剑号"的爆炸快要波及八号舱时,只见蓝光一闪,后者的推进器迅速点火,将逃生舱远远弹开。逃生舱逐渐加速,冲入无垠宇宙冷寂的黑暗中,那抹微小的黑影终于远离了身后光焰肆虐的炼狱。

博士依旧被钳制在机器人冰冷的怀抱中,被眼前的景象惊异得说不出话来。他眼睁睁地看着"正义之剑号"逐渐加速,向圣缇利靠近,朝"火炬号"撞去。

这是怎样一种勇敢而又徒然的愿望。

伤痕累累的船体后依稀拖着几股气流和燃料,整艘飞船俨然成了一颗人造彗星。飞船上所有的灯光都熄灭了。船体表面不断出现小型爆炸,每次爆炸都将一堆燃烧的残骸抛进太空。由于圣缇利恒星系没有太阳,众人无法看清其他细节。但是这些图像经"暗意之光舰"的传感器增强后,让人真切地感受到飞船的垂死挣扎,也让人感受到其中的悲壮与光荣。

多娜……

博士只盼她已经坐着救生艇逃出来了。或者她能躲进塔迪斯里,逃过这一劫——只要他可爱的蓝盒子没有被炸上天。

奥格穆尼满意地说:"目标已锁定。"说话时,他特意看向博士,残忍地大笑起来。

加拉曼却倦怠地说:"开火吧。我们还有更重要的事情要做。"

屏幕一侧出现一段深紫色的粗短光柱。它不断伸长,像串烤肉一般穿过"正义之剑号"的侧翼。后者仿若无事般继续前进,任由那光柱如片肉一般向尾部划去。突然,一连串爆炸腾空而起,把一簇又一簇沸腾燃烧的气焰喷向黑暗的太空。当紫光滑至尾部时,脆弱的飞船再也支撑不住,从内向外发出耀眼的光。那光先是红色的,后来飞快地变为黄色、白色,最终过渡到刺眼的蓝色。屏幕上白光一闪,博士紧紧地闭上双眼。

多娜。

13

博士跟着加拉曼一行人穿梭在昏暗的太空站里。他低声叹道:"要建成这个空间站,得花一笔钱吧?"自从布尼的船被炸毁后,博士的情绪一直很低落。他随着加拉曼、弥赛斯和金发机器人一起被传送到这里后,才发现"火炬号"不仅仅只是一艘太空舰。

加拉曼听到博士的话,不禁面露得意之色,"岂止一笔,应该说好几笔,每一笔都是巨款。你肯定想不到我们背后究竟有多少慈善家,只可惜他们不能站出来公开支持我们。"

"那你又给这些慈善家许诺了什么好处?等这个疯狂的计划完成后,他们能得到什么?"

"成就感啊。有机生命本就应该处在文明的顶端,若能生活在这样一个星系里,他们将获得无比的成就感。"

博士仿佛走在一个无边无际的仓库里,它广阔、晦暗,不断传来回音。他根本看不见天花板有多高,只看得到一片漆黑。空气中弥漫着一股冰冷、霉变的味道,让这里闻起来就像一座百年未见天日的坟墓。金属和电子器械的气味充斥四周,他们的脚步声向四面八方传开。

当他们走过另一个机库那么大的房间时,博士忍不住问:"你打算让我一直猜下去吗?"这里停放着数艘崭新的宇宙飞船,它们的外壳和"火炬号"一样都是淡绿色的。它们整齐而又安静地站着,等待着获得启用的那一天。

加拉曼轻轻一笑,"猜什么?我们的终极目标吗?嗯,我的确是这么打算的,你就让我找点乐子吧。"他大手一挥,"这些东西具有大规模杀伤性,希望这点信息能对你有所帮助。赫努生前日夜担心自己会遭到逮捕,被亲机派以莫须有的罪名审判。她必须确保自己有路可退,若有朝一日不得不隐姓埋名,她希望自己能有个体面的藏身之所,在里面继续她的研究工作。如果必要的话,还会在这里过完下半辈子。"

博士听完,心中并无波澜,只问:"这么说,她亲自设计了自己的监狱?"

"怎么能说是监狱呢?想想这个空间站的技术有多么先进吧。藏身于黑洞之中,却扛得住中央奇点挤压,毫发无伤。这简直是神作——是个完美的藏身之处。绝不是监狱。"

博士百无聊赖地说:"番茄、西红柿都是一种东西,只是名字不同罢了。监狱就是监狱,装饰再豪华,也掩盖不了监狱的本质。只是可惜得很,她无法亲自验证了。"

"是啊,真遗憾。她看不到了。"加拉曼说归这么说,博士却没从他的脸上捕捉到任何遗憾的表情。

"该不会是你一手策划了赫努的意外吧?"

"博士!"加拉曼似乎真的震惊于博士的话,"你怎能这么想!我崇拜她,她是个真正的天才。没有她,就没有今天的一切。"

"唔……"博士小声说道,"但你今天接管了一切啊。那你呢,弥赛斯?对你们的新家有什么看法吗?"

弥赛斯呆滞地说:"这不是家。"在"正义之剑号"炸毁后,弥赛斯心中的那团火似乎熄灭了,从登上"火炬号"起,就几乎一言不发。

"还在为那些死去的人担心吗?"博士语气温和,却有意刺探,"他们因你们而死,烧作灰烬,消失在太空中。"

弥赛斯不敢直视博士的眼睛,只是说道:"他们的死虽然不幸,却是不可避免的。"

"好吧好吧,你就重复加拉曼的话,不停地催眠自己吧。虽然不能改变事实,但能让你自己好受一点。对了,你在悼念那些不可避免的伤亡时,记得提醒自己,这只是个开始。"

"什么意思?"

"我把话撂这儿,今后还会有更多人送命。有加拉曼这样的头儿,不愁看不到更多伤亡。无论你们的计划是什么,无论你们觉得会给仙女星系带来怎样的变革,但最终都绕不开死亡。成千上万、血流成河的死亡。不管有机生命还是非有机生命,人类还是机械，都休想逃过这一劫。如果哪天连能量体生命和气态生命都受到了波及，我也不会觉得奇怪。"博士抿了抿嘴，"没人能从万恶的战争中全身而退。"他顿了一下，"相信我。"

加拉曼说："有舍才有得。"

博士白眼一翻，讥讽道："我还以为，以你的聪明才智，能想出更高明的辩词来呢。"

"我没必要对你辩护。"

"那你又何必多说这一句？因为内疚吗？还是为了不让弥赛斯倒戈相向？话说回来，弥赛斯，你又为何加入这个计划？只是想借个东风？我虽然不了解你的种族——哦对了，你是什么种族？"

"我是螺塔人，来自螺塔星。"

"好的，虽然我不了解螺塔人，但我很奇怪你跟加拉曼竟有如此之多的共同点。当然，我指的是除了厌恶机械之外的共同点。其实'厌恶'是个很有意思的情绪，它总是和'畏惧'为伴。难道这一切的根源不是畏惧吗？畏惧差别，畏惧异类，畏惧无法理解的东西，畏惧一切和你们不一样的事物。"

他们一同走进电梯，弥赛斯平静地说："我不畏惧机械。"电梯下行，向空间站的深处进发。"我只是想让真正的生命——有机生命——得到应有的地位。我个人无意针对机械种族。"

博士讽刺地说："对，你无意针对它们。毕竟每个家庭都应该拥有机械造物，它们既能造东西，又能提重物。但它们应该摆正自己的位置，别总妄想着向上爬。可这样下去，何时是个头呢？今天是机械种族，明天呢？"博士瞥了眼加拉曼，"你可能不喜欢高个子的人吧？"他应景地摆出一副厌恶的嘴脸，"除掉他们。哦对了，还有瘦子，那种吃不胖的人最讨厌了。把他们都赶到岛上去，让他们物以类聚、自生自灭吧。还有爬行动物。爬行动物怎么样，加拉曼？"他上下打量着弥赛斯，"爬行动物诡计多端，喜欢干燥炎热的环境，和我们人类的喜好差太远了。这些人可靠不住啊。我们把他们也清理了吧？"

博士看到弥赛斯的眼睛瞪大了一瞬。他双臂环胸，继续说道："只有到最后一刻你才恍然大悟，原来只有加拉曼的同类才能活下来。矮小、胆怯，却又利欲熏心的'加拉曼们'。他们全都一副德性，到处发脾气，认为世界变成这个样子全是别人的错。"博士倾身，俯视着加拉曼，"假如你做完这一切，却发现这个世界根本没有变好，你又打算做什么？"

加拉曼咬牙切齿地说："想要离间我和弥赛斯？你不会得逞的。我们一起共事了这么久，非常清楚彼此的想法和信念。几句花言巧语不足以动摇我们。"

博士叹道："真的吗？那就算了。"

他双手插兜不再说话，默默抬头看着天花板，任电梯下行到达"火炬号"的控制中心。

电梯路过控制室的屋顶时，博士不禁感叹，建这个空间站不知究竟花了多少力气——确切来说，是多少机器人的力气啊。整个空间站的大小都抵得上一座小城镇了。而且，能在不被外人察觉的情况下完成这么浩大的工程，绝对算得上成就非凡。但所有成就的高度都取决于它的用途，从这个角度审视的话，就是另一回事了。他到现在还没跟加拉曼和弥赛斯重新说话，只是自己在心里琢磨。空间站的尾脊看起来十分可疑，像是用来从黑洞里吸取能量的转换器。他们要这么多能量做什么？

一行人走出电梯，来到控制室，灯光闪烁两下后亮了起来。他们此刻站在一个宽广的圆形平台上。照明灯依次亮起，逼退黑暗。弧形的仪器板和控制台陈列在他们眼前，每个板面都配有独立的照明灯。博士感觉这里不像是指挥中心，倒像座博物馆。

加拉曼问："是不是让你大开眼界？"

"作为一堆破铜烂铁——"博士说着，忽然转身看向身边的金发机器人："无意冒犯。作为一堆破铜烂铁，的确很不错。不过它的用处是什么？"

"解放！"加拉曼戏剧般夸张地说，"如果把空间站比作贝壳，这里就是贝壳中的明珠。"

"你抛弃光和暗的比喻了？这也难怪，那些比喻多少有点牵强。所以从现在开始，我们要用海鲜作为喻体了吗？来，加拉曼，跟我分享一下这个控制室的作用呗,不要自己保密,嘴巴紧得像蚌壳。"博士非常满意自己的比喻,可惜没人应和,他只好嘟囔道,"随便吧。这个地方为什么这么重要?"

加拉曼惺惺作态,"唉,好吧,如果你非要我……"

"对,非要不可。"博士怂恿道,"务必,拜托。"

"你真的不想猜一下?试试吧,博士,你那么聪明,一定有头绪。"

博士没想到加拉曼对他评价这么高,"难道这个空间站不仅是一个藏身所?不是你们在星系战乱时的临时避风港?"

"你认为我有那个耐心慢慢等吗?"

博士沉吟道:"空间站既然能在黑洞里藏那么多年,一定有非常先进的防护罩,能对抗时间和引力。你完全可以和你的追随者躲在圣缇丽的黑洞里,坐等战乱结束,再出来欣赏机械种族的一败涂地。对你们来说,战争可能也就只有一个月吧。"

加拉曼不得不承认道:"这也是个不错的选择,但我没那个耐心,博士。更何况,如果真的走到有机生命和非有机生命开战的那天,我无法保证获胜方一定是我们。"

博士又想了想,最后垮下肩来,一脸愁容,"想不出来了,你赢了。来嘛,透露点呗,这个地方到底有什么用?"

"博士,我真的很失望。"

博士打断他,"得了吧,收起你那副沾沾自喜的嘴脸,一点都不好看。谁还没个不在状态的时候？"

加拉曼考虑了一会儿，点点头，伸手唤来超模机器人。机器人安静地上前一步。加拉曼对机器人说："获取加拉曼AC001。"

机器人立刻掌心向上伸出右臂，将剪裁合身的外套袖子卷起来，露出一截长而薄的嵌板。嵌板打开后，里面的凹槽嘶的一声泄出压缩气体，一个黑黄条纹的小圆柱体从中升起。加拉曼取出圆柱体，嵌板自动闭合，机器人放下了手臂。

他把圆柱体递给弥赛斯，弥赛斯用颤抖的手指接过来。

"这，就是激活器。"加拉曼说。

博士立刻从大衣内侧口袋中掏出眼镜戴上，指尖将镜框向上轻轻一顶，低头看着这个小玩意儿，"激活器？"

加拉曼的笑容就像猫抓住了全屋最肥美的老鼠，一口咬开，发现它还是奶油馅的。他看向弥赛斯，"需要多久？"

"大概半小时。"弥赛斯悦耳的声音里透出隐隐的激动。他似乎已经忘却了刚才的死亡事件给他带来的打击。博士突然感到一阵莫名的失落。

加拉曼笑着对博士说："看来时间很充足，我可以跟你好好聊聊。"弥赛斯握住圆柱体的手还在不停颤抖，加拉曼看了他一眼，说："去吧，我马上就来。"

弥赛斯最后看了博士一眼，走向平台那一头宽敞的旋转楼梯。博士的目光顺着楼梯向上看去，它一直延伸到半空的桥形台，再往上，黑暗笼罩了一切。

"弥赛斯去什么好地方了？"

"他去安装并矫正激活器了。哦，对了！"他兴奋得忍不住想拍手，"我正准备跟你讲激活器的用途呢。"

"等得花儿都谢了。"博士翻了个白眼，"终于等到你的宏图大计了。"

"是啊，"黑暗中传来熟悉的声音，"和我们分享一下你的宏图大计吧，我们洗耳恭听。"

多娜从圆台周围的阴影中走出来，身后跟着布尼、凯莉克、"妈妈"，还有当初在星际垃圾站威胁过博士的小机器人。

"多娜！"

"博士！"多娜开心地笑了。

博士的嘴角都快咧到耳朵根儿了，"很高兴见到你呀！不过下次能不能稍微等会儿，让人家把话说完？我以为你作为红发女神，应该很擅长把握时机。"

"别再提那件事了。"她眉头一挑，嘴硬道，"我出现的时机不早不晚，堪称完美。"布尼此刻已经从枪套里掏出枪，瞄准了加拉曼。

"等等，加拉曼刚要介绍他征服宇宙的大计呢。"

被点名的某人阴郁地怒视博士，显然慌了手脚。然后，他大声命令道："机械造物！保护我！"

众人只觉眼前一晃，超模机器人已经护在加拉曼身前，和布尼形成对战姿态，并向前逼去。它刚走出第一步就伸手夺过布尼的枪，把它扔进周围的黑暗里。这时"妈妈"出手了。它的速度与超模不相伯仲。它几个大步上前，一掌扇向机器人的侧脸。只听一声金属撞击的巨响，机器人爆出一阵火花，金发头颅飞离身体，不知滚落到哪里去了；它无头的躯体在冲力下飞到圆台边缘，跌落在地。它的双臂凄惨地摆动着。

盒状小机器人举起双手，捂住眼睛，"我的天哪，我讨厌暴力。这又不是电视剧。幸亏没油溅出来，不然就太恶心了！"

加拉曼倒退一步，他意识到，自己无论是从人数还是力量上都敌不过布尼他们。他向上方的黑暗中望去，想要找寻弥赛斯的身影。

博士说："说实话，我为你和弥赛斯感到惋惜。这么多年的筹谋和努力换来了什么？被一个机械造物打败的结局。你不觉得讽刺吗？阻止了弥赛斯，我们就可以回家喝茶了。多娜小姐，可以拥抱你一下吗？"

"能给我一个拥抱吗？"利安的声音传来。她从黑暗中走出来，身上穿的蓝裙子和她的脸一样沾满了泥土和机油，一只袖子还撕破了，像刚经历了一场恶战。

多娜兴奋地叫道："利安！我们还以为你死了！"

布尼怀疑地问："你怎么从飞船里逃出来的？"

博士漫不经心地解答道:"我猜她用了粒化传送机。她意识到你们要用'正义之剑号'撞空间站,就启动传送机逃走了。利安,不如你自己来说?"他双臂环在胸前,眯起眼,"你自己告诉他们,你其实是耀暗之徒。"

"什么?"多娜皱眉,目光在博士和利安脸上逡巡。

"你们当中的秘密可不止这一个吧?"博士别有深意地看了布尼一眼。利安苦笑,然后掏出口袋中的枪,一把抓过多娜。她把枪口抵在多娜的太阳穴上,拽着后者退到圆台边缘,确保自己可以看到每个人,并且没人可以从背后偷袭她。

加拉曼立刻鼓起掌来,摆出胜利者的姿态,说:"哈!干得好,利安!"

利安鄙视地瞪他一眼,"闭嘴。"说完,她一枪射穿了他的眉心。

14

当多娜以为自己终于搞清了来龙去脉时,整件事情竟然又扑朔迷离起来。

从"正义之剑号"到空间站的旅途并不顺利,路上颠簸不平、噪音嘈杂。即便由熟手凯莉克操纵推进器,多娜还是提心吊胆。没人知道"妈妈"有没有在释放逃生舱时造成破坏。多娜一路上不停地胡思乱想,担心逃生舱突然失控、漏气、爆炸。此外,他们也不知道"妈妈"爬没爬上舱顶,会不会已经化为灰烬,与"正义之剑号"的残骸混为一体了。

他们从舱内的小屏幕上可以看到自己靠近了空间站。凯莉克熟练地将舱体掉头,停泊在空间站的气密舱内。多娜心想,真是万幸啊——幸亏当初设计飞船和逃生舱的人把接口做成了统一兼容型。多娜一直希望她的手机、相机、mp3和家用电脑的接口也能统一。等她回去,一定要给制造商写建议信。

事实证明,多娜之前的担忧都是多余的。等逃生舱锁定、气压过渡舱的舱门打开,"妈妈"已经登上了空间站,像个身形硕大的金属门卫般，站在那里等待他们。多娜恍惚觉得，下一秒它就会抬手拦住他们，说"只有受邀者才能入内"。

走向控制中心的这一路倒是很顺利——维欧接入了空间站的主脑，很快找到了路。后面的故事大家都知道了。而现在他们深陷谎言的迷雾中，应该说——"又"陷入了谎言的迷雾中。

多娜承认，当初的确应该多等几秒，等加拉曼把他的计划和盘托出后再现身。可她觉得"打铁要趁热"。不幸的是，如果现在抵在她头上的枪走火了，挨打的可就不只是铁了。她暗暗对自己说："多娜啊多娜，你还是太嫩了。"

如今拿枪抵着她的是利安，而躺在脚边的却是加拉曼。真是乾坤颠倒。

博士把眼镜放回口袋，怒视利安道："你要是伤她一根汗毛，偌大仙女星系之内，不会有你半分藏身之处。我说到做到。"

维欧哭道："怎么会这样？哦天哪，现在情况很不妙，对不对？"

利安说："对你们来说，的确很不妙。"

布尼开口劝道："多娜和我们是一条战线的。"他始终不肯相信利安是耀暗之徒。

利安纠正道："她和你们是一条战线的。快闭嘴，否则我就在她脑袋上也开个洞，让她和加拉曼躺在一起。"布尼惊呆了，只能顺从地闭上嘴。多娜看到"妈妈"的两只脚来回调整着重心。

可惜,她不是唯一一个注意到"妈妈"的小动作的人。

"'妈妈'敢动一下,多娜一样会死。记住我说的话。"

布尼忍不住问:"到底怎么回事,利安?我们不是一条战线的吗?"

"哼,我怎么觉得你们从来都不是一路人呢,我说得对吗?利安。"博士的手臂交叉在胸前。

凯莉克看了看加拉曼的尸体,问:"所以她究竟是站在哪边的?"

"利安,我猜你有自己的计划吧?你曾经和加拉曼共事,后来打入敌人内部,以监视他们。这样,你就能一边获取他们收集到的信息,一边扰乱他们的视线,让他们以为真相就在眼前。但他们其实是永远也触及不到真相的。"

利安笑笑,什么都没说。

"当初在星际垃圾站劫持这位小朋友的人就是你。"博士冲维欧的方向点点头,后者切换为一张震惊的脸。博士接着说:"你自己就是个机器人专家。当初你给我看赫努的历史资料时,把有关自己的信息删得相当彻底。我很有可能就这么被你骗过去了。"

布尼不明白,问:"所以她是怎么露馅儿的?"

"你修改了所有关于自己的文字信息,唯独漏掉了一张照片。那照片是在铭星的某届控制论大会上拍的,你和赫努站在一起,笑得可开心了,相照得也不错。这只是其一。其二,你反对耀暗之徒,谈论起赫努的成就时却流露出了太多敬佩之情。其三,你对组成'开罐器'的碎片过于了解。"博士看到多娜迷茫的表情,解释道,"'开罐器'就是用来打开黑洞,把这座空间站释放出来的工具。"

利安说:"博士,你很有洞察力,也很聪明。但……你知道得太少,也发现得太晚。"

"那为什么要杀了加拉曼?"凯莉克问。

利安说得很直白:"因为他愚不可及,而且领悟力远不及赫努,他根本不能充分发挥我们拥有的潜能。"

"哦,说到这儿,"博士问,"你们到底拥有什么?加拉曼正要详细讲述你们的计划,却被你杀害了。"

利安一边控制着多娜,一边转动着身体,观察是否有人偷偷接近。然后她问:"你对机联网了解多少?"

"哦!"维欧举手,"我知道!我知道!"

小机器人太热情了,博士强忍住笑意,说:"那你来说,给我们介绍一下机联网。你叫什么名字?"

小机器人答:"我叫维欧。机联网——"

"类似互联网,只不过是专门给机器人用的。"多娜冷酷地打断了它。利安攥住她手臂的手突然收紧,枪往她脑袋上抵了抵。

维欧不满地叫道:"嘿!那是我的词!"说着,屏幕上出现一张噘着嘴的小脸,"机联网和互联网类似,不过是专门给机器人用的,"维欧重复完,又补充道,"确切地说,是给某些机器人用的。像我们这种有知觉能力的都对它敬而远之,只有在需要同步内置时间或下载软件更新时才会使用。"它又想了想,"上机联网的基本上都是呆子和生活不如意的家伙,整天只知道抱怨机器种族辉煌不再,或者传播一些'有机威胁论'的谣言,都是些没有意义的内容。"

博士问利安:"你为什么对机联网这么感兴趣?"

利安说:"看来我们的小家伙低估了机联网啊。不过它说的也不无道理。机联网最大的特点就是——除了最低级的徭役机器人和电器,星系内所有机械造物每周至少会联一次网。虽然它们都像维欧一样,口口声声说自己已经不需要机联网了,但还是会忍不住启用跨空间连接,偷偷摸摸浏览上面的信息。"

维欧的卡通形象大张着嘴巴,面露震惊。

利安继续说:"别说你没有这么干过,维欧。机器人通信可是我的专长。我当初假借给你做检查的机会,彻底检索了一遍你的内存。你在机联网上,咳,'搜索'过的某些内容可是会让他们大吃一惊的。"

多娜没想到,维欧的屏幕上居然浮起了两团红晕。

博士帮腔道:"别让它难堪了。我们说回这个机联网……"他灵光一现,突然明白了利安的计划,"啊……我跟上你的思路了。"

利安冷淡地说："可算是明白了。"她制住多娜，在平台边缘移动，向弥赛斯之前走过的那座旋转楼梯走去。

博士双手插兜，继续说道："这个激活器能让你进入星系内几乎所有机器人的大脑，然后关闭它们，对不对？"博士沉吟了一会儿，"怪不得你需要那么大的转换器。想要同步向整个星系发送广播，5V电池肯定是不够的。你们只需轻轻按下开关，就能灭绝一个种族。"

利安笑意残忍，"那也太简单了。那是他的计划。"她飞快地用枪指了指地上加拉曼的尸体，"他们的点子不错，却没能再多走一步。"

博士冷冷地凝视着利安，"多走一步……啊，你想要的不仅仅是关闭它们，"他顿了一下，眯起眼睛，几乎语带赞叹，"而是要控制它们。"

"你终于想到了！"利安大笑，"没错！为什么要浪费这么好的资源？整个星系到处是机器人、机械造物、机械智能。如果只是关掉它们，总有人会再造出新的、能够免疫激活器的机械造物；或者，它们能找出重新自我编程的办法；又或者，会干脆切断机联网信号。不不不，我不会让事情发展到那一步。博士，等我取得控制权，就不会再放手了。我会让机械们再无翻身之日。而对于那些没连过机联网的机器人种族，我会出兵征服它们。"

"你控制整个星系的非有机生命，把它们当作你的军队、你的警力，只是为了让自己扭曲的价值观主导星系的发展？"博士若有所思地挠挠后颈，"我听过那么多胆大包天的计划，却不得不承认你的最为突出。"

"博士，能从你嘴里听到这样的评价，真是极高的赞赏。"

"我可没有赞赏你的意思。"博士声音冷硬，反问道，"你可曾想过，一旦启动激活器，会造成多少痛苦和死伤？更不用说将来你建造自己的钢铁帝国时，又会导致怎样的生灵涂炭。一旦你夺走控制权，整个星系里的维修机器人、医疗器械、汽车、飞机、太空飞船都会停止运行，就像这样。"博士打了个响指，"数以百万的人会为此丧命，利安。而这还仅仅是个开始。"

利安听完只是轻轻耸了耸肩。多娜绷着脸想要挣扎，但利安再次拿枪指向了她的太阳穴。利安挟持着多娜小心翼翼地缓步退向楼梯。

她先对多娜耳语道："别耍花样。"然后，她以所有人都能听见的音量说道："你可能在权衡，牺牲多娜的性命来拯救你口中数以百万的生命，到底值不值。虽然我很想就数字问题和你好好理论一番，不过拖的时间越长，形势对我就越不利。弥赛斯应该快安装完毕了，而我，很乐意做那个亲手按下开关的人。"

博士说："弥赛斯其实很正派。虽然他在'有机生命对非有机生命'这种无聊的问题上有些固执，但我相信，一旦他知道了你的计划，知道它会夺走多少有机和非有机生命的性命，他就会回心转意。"

"没必要让他知道。就算我要告诉他,也必然是在一切都尘埃落定之后。"

利安拽着多娜又向上走了几级台阶,她不停地转身,使自己时刻正视博士一行人。而博士他们只能在圆台上眼睁睁地看着。

博士喊道:"利安,你知道我不可能让你得逞。无论你手里有没有多娜,有我在,你就休想使用激活器。"

利安在继续向上走时说:"我当然知道。我也知道一旦我移开注意力,你们就会冲上来抓住我。所以我觉得这时候不妨来点消遣——也让我感受一下数以百万计的死亡的开端。"

多娜感到利安在她身后动了动。

"灯!"利安朝暗处高声一喊,霎时光亮乍起,整个空间顿时充斥着刺眼的灯光。多娜抬手虚掩在眼前。在她眨眼适应时,她看到圆台上的人也和她一样四处张望着,不明白发生了什么。

站在高处的多娜最先看清了那幅景象——圆台之外,密密麻麻地站满了金发超模机器人,它们无声地站着,按圈排列得整整齐齐,从圆台边缘一直延伸到远处的墙角。所有机器人着装统一,发型一致。在它们无可挑剔的短发下,是一双双冰冷无情的眼睛。

"我的,"利安在多娜耳边轻声低语道,"都是我的。该跟你的朋友道别了,多娜。"说话间,两人已经走到了楼梯尽头的桥形台,利安把枪移到多娜后颈,迫使她转过身,面向一扇敞开的大门。

站在多娜身后的利安向下方的大厅喊道:"机械造物们,听我指令!关闭听觉输入和无线连接。锁定圆台上的五名外来者,杀了他们。"

门在多娜眼前缓缓闭合,在最后一刻,她看到博士一直抬头望着她,而那些机器人也蠢动了起来。

15

"哦,天哪!"维欧在"妈妈"的两腿之间乱窜,好像这样就可以使自己免遭成百上千的机器人攻击。

博士重复道:"哦,天哪,说真的,音速起子还在多娜手里……"

机器人们迈着整齐划一的步伐向他们逼近,最靠前的一圈已经跨上了通往圆台的阶梯。它们冷漠的蓝眼平视前方,眸中既无恶意也无怜悯,它们只是单纯地按指令行事。这景象莫名让博士想起了美惠星上的獲伏啼族。不过这次站在中间遭到围攻的是他,而红发女神却不能保护他。

"退后!"博士冲大家大喊。他指向刚才利安挟走多娜的楼梯,说:"只有这一条路了。走!"

博士看到"妈妈"来回扭头,显然是在衡量自己能不能在解决掉尽可能多的机器人时保护大家。博士知道这根本不可能,也知道"妈妈"清楚自己做不到。机器人从四面八方逼来,即便"妈妈"在体型上远远胜过它们,却终究敌不过对方的数量优势。

"维欧！"博士转身，叫住已经爬上楼梯的小机器人，"你很擅长接入其他物件，比如科技产品和机械，是吗？"他挑眉问道，"能接入机器人吗？"

维欧转过上半身，面向博士，迟疑地说："呃……大概吧。"

他们身后传来撞击声，博士回头便见一个机器人从空中飞过，它的四肢扭曲地缠绕在一起。就在博士回头观察战况的片刻，"妈妈"又击倒了一个机器人，把它朝那群机器人砸去。

"能告诉我们关于这些机器人的信息吗？"

维欧小脸一皱，呈竭尽全力状，"我能读取它们的身份标签，但那个可恶的女人切断了它们所有的输入渠道。"

"还有别的吗？"

越来越多的机器人在博士身后倒下。

"它们是秘塔-科林公司生产的人形服务机器人，型号为DF181B，利帕诺夫值是23，就这么多了。剩下的都是它们所用的软件信息，没什么用。"

维欧的话让"妈妈"发出一声低沉的电子哼鸣音。

"怎么了？"博士看向身形硕大的"妈妈"。它不再打斗，暂时得以喘息的机器人又开始逼近。布尼和凯莉克站在几步之遥的台阶上，一脸疑惑地看着"妈妈"。

布尼说："秘塔-科林不就是'妈妈'的制造者……我们就是在那里救的它。"

博士退到"妈妈"身边，见后者缓缓低下头，以一种全新的目光看着这些机器人。

突然，"妈妈"启动了她的投影仪。一块粉色的长方形投影浮现在它胸前，这画面像一台老式电视机的预热过程。屏幕对着只有博士才能看到的方向，显示着：

＞它们运行的软件里包含从我身上衍生出的启发式程序。

博士愣了一秒才反应过来对方在说什么，"它们是你的孩子？"

＞确切地说，是孙子。

博士挑挑眉，突然意识到"妈妈"和机器人之间的关系会让他们陷入非常危险的境地。因为现在能保护他们的只有"妈妈"，而"妈妈"此刻却发现——对手竟然是自己的孙子。

"妈妈"看着满头金发、衣装合身的机器人成批地拥来，居然真的后退了一步。博士见状干涩地说："你一定很骄傲吧？呃，你能不能……能不能让它们回自己房间？有时候家长的命令挺有用的。"

＞利安早就预料到了。

透过闪烁的红字，可以看到不断靠近的机器人。

＞如果她没有关闭含听觉在内的基本输入，我或许还能进入它们的根命令结构。

机器人已经来到圆台之上，它们的步伐依旧出奇统一，眼神也是毫不动摇的死寂。"妈妈"上前一步,将三个机器人从圆台扫落,使它们滚落到其他机器人脚下。其他机器人踏过它们,继续拥来。

博士抓住"妈妈"的钢铁手臂,温柔地说:"'妈妈',你不是非这么做不可。你我都知道……"

＞我明白。

那行字静静地闪烁了一秒,一个新句子取而代之:

＞如果我不能保护大家,我们都会死。

博士提醒道:"可它们是你的孙辈。"说完,他向楼梯上的布尼、凯莉克和维欧挥手,让他们快上去。

＞它们也只是并无知觉能力的机械造物,不明白何为痛苦、焦虑或背叛。

"我知道,"博士轻柔地说,"可是你明白啊。"

又一个机器人靠近"妈妈",后者草草随手一挥,把它重重地甩了出去。机器人像保龄球一样撞倒了它身后的数个同伴。可它们又默默地重新爬起来,无知无觉继续前进。看来,"妈妈"已经做出了抉择。

＞快走,去阻止利安。

"我不会丢下你不管的。一定还有——"博士突然愣住了。他想到办法了。答案明明近在眼前,他却如此后知后觉。实在是太可笑了。他一时情急,说话都有些含糊:"'妈妈'!你一般怎么进入对方的命令路径？用字母和数字的组合？"

＞发送256字符的字符串。

"哈！"博士兴奋地大叫起来。

布尼站在楼梯尽头嚷道："你'哈'什么？它们既无法接收无线命令，也听不到语音命令——"布尼的话语声戛然而止，他知道博士想到什么办法了。他嘴角一扬，说："但它们还没瞎！"

"可不咋的！嗯……"博士垮下脸，"不，我再也不说这个词了。不过你说得没错，它们还能看见。利安总不能连它们的视觉输入也关闭吧，除非她想让这群机器人都去撞墙。'妈妈'！你能直接把接入命令显示给孙子们看，把意思传达给它们吗？"

布尼从楼上向下喊话道："博士！你该不会以为，指令只会让它们进入休眠状态吧？"

"你说什么？"

"如果'妈妈'发出指令，它们就会彻底关闭，再也醒不过来了。"

"哦。"博士挠挠头，又抬头看着"妈妈"，轻声道，"你来决定吧。如果你不愿彻底关闭它们，我们也能理解。"

＞你觉得这是谋杀？

博士一时不知该怎么回答。

＞把它们当成失控的除草机就好。

博士梗了梗，说："呃，你要这么比喻……"

"妈妈"满意地哼了一声,击倒了好几个金发机器人。然后,它的全息投影上出现了一长串字母和数字,以肉眼不可辨认的速度快速滚动着。

"别担心,"博士冲上面的人喊,"它们读得很快的。"

屏幕上的指令还在不断滚动,速度已经快到模糊了。"妈妈"站在楼梯脚原地转动,确保每个超模机器人都能看到那些信息。

神奇的一幕出现了。机器人们一波一波地定住了。

没有挣扎,没有吵闹,就那样定定地站住了。

最先停下来的是前排的机器人,因为它们看投影看得最清楚。随着"妈妈"不断变换角度,越来越多的机器人接收了命令字符串。很快,它的指令就无声地进入它们的内核处理器,彻底将它们关闭了。

此刻的圆台安静得可怕。

博士抬起头看着"妈妈",说:"抱歉,让你不得不这么做,但是谢谢了。这世上恐怕没有谁比超棒的祖辈更清楚让孩子们安静下来的命门了。"

"哦——"维欧从凯莉克身后探出脑袋,向下看了一眼。"太好了!"它振臂欢呼道。

利安推着多娜的背走进房间。多娜愤愤地对她说:"你知道我最痛恨什么吗?我当初居然信了你。"

利安冷笑道："别太苛责自己。"说着，她挥挥手中的枪，让挡在面前的多娜走开。房间内的照明极其充足，堪比手术室，相比之下，空间站其他地方的内饰只能算是颓废工厂风。从楼梯上来后是一段长长的走廊。从这里，多娜可以听到楼下机器人踏步、倒下的声音。但到目前为止，还没有一声尖叫传来，这说明没有人受伤——确切来说，是没有有机生命受伤。不过超模机器人数量庞大，那只是时间早晚的问题。

多娜怒视着一脸震惊的弥赛斯，继续对利安说道："更令我生气的是博士居然也信了。"

利安说："这不是恰恰证明了我的观点吗？如果我能轻易让你们以为我对机械造物的知觉能力深信不疑，为什么你们偏偏不信那些机械造物也是在骗人呢？我骗了你们，它们骗了所有有机生命。"然后，她得意地笑笑，"当然，也不是所有有机生命。弥赛斯，你进展如何？"

弥赛斯站在一个看起来十分复杂的控制台前，三只手都在忙活。多娜看到那黑黄相间的圆柱体就在弥赛斯面前的控制台上。老实说，那个圆柱体就像蜜蜂和大香肠的杂交产物。

"我不喜欢你这么做。"弥赛斯一贯悦耳的声音变得平板而克制。

利安漫不经心地晃晃手里的枪，把话挑明，"不需要你喜欢，你干好自己该干的就行。"

"不,弥赛斯,"多娜插话,"你没必要听这个疯女人的话。有点骨气吧!好好想想,想想那些死去的——"

一阵锐利的高频蜂鸣打断了多娜的话,她身侧的墙体也炸开了花。空气中残留着刺鼻的味道和缕缕青烟。

"你闭嘴。"利安挥挥手中的枪。它刚才差点杀了多娜。利安又说:"弥赛斯或许还对你的性命有所顾虑,可我没有。"

多娜狠狠瞪了她一眼,转而看向弥赛斯,用眼神恳求他不要再继续下去。

弥赛斯向贯穿整面墙体的窗外望去,问:"加拉曼呢?"

"他临阵退缩了。"利安说着,用眼神无声地威胁多娜。

"怎么个退缩法?"

"这不重要,反正他已经不是计划中的一员了。还有,我们的计划有变。"

"计划有变?"弥赛斯的声音拔得更高了,多娜估计他的神经又濒临崩溃了。弥赛斯在控制台上操作的手又颤抖起来。

利安直视弥赛斯的眼睛,说:"我们不仅会关闭机械造物,还要控制它们。"

"你说什么?为什么?赫努本来的计划有什么不好?"弥赛斯的音调高了半个八度。

利安叹道:"你个白痴……这才是赫努本来的计划!"

"什么?!"弥赛斯的声音又拔高半个八度。

"这是我和赫努本来的计划。她考虑得很透彻：即便关闭了所有的机械种族，很快也会有人找出解决方案。可能几周、甚至几天之后，就会出现对激活器免疫的新机械造物。到那时，我们的努力就都白费了，一切都会回到原点。赫努意识到这是唯一一次彻底夺取控制权并将其牢牢把握住的机会。"

弥赛斯哀声道："我们可以完善原计划，找出防患于未然的方法……"他越说越小声，已经不知道该怎么继续下去了。

利安倦怠地说："你的思考方式越来越像亲机派了。再这样下去，不等你察觉，你就开始怀疑自己是不是罪人。这就是他们的做法，弥赛斯。"利安拿枪指指自己的头，"他们悄无声息地渗透进来，让你怀疑自己的信念。"她拿枪指着控制台和激活器，"快点结束这一切吧，弥赛斯。然后我们就离开这里，昂首挺胸地回到星系里，被众人奉为解放者。"

多娜之前在弥赛斯身上见过善良和正派的影子，她想说些什么，希望燃起他心中残存的善念。可她刚一张口，就被利安瞄准了眉心。

她柔声说道："你再多说一个字……"

博士催促前面的凯莉克、布尼和维欧赶紧上去。然后，他转头对"妈妈"说："对不起。"他看着满大厅跌倒在地或僵直不动的机器人，"如果我能想到其他办法……"

＞你不必向我道歉。它们没有知觉能力。况且，不能为了照顾我的感受而坏了大事。

博士摇头，挠挠后脑勺，"我想，我可能永远都无法真正理解机械种族。"

＞我知道。我们比你们有机生命要复杂得多。

博士眯了眯眼，"'妈妈'，你知道自己很缺乏幽默感吗？"他伸长手臂拍拍"妈妈"的背，"走吧，我们得了结利安这件事，以免她把你们的星系搅得黯淡无光！"

"妈妈"发现，从旋转楼梯外侧爬上去更快，因为楼梯对它来说太小了。幸好顶层的走廊够高，能让它站直身子。等他俩上去之后，大家早已等在了前方。

他们不久就找到了利安、多娜和弥赛斯。后者所在的房间灯火通明，巨大的窗户面向走廊，里面看起来像实验室。利安看到他们时愣了一瞬，她眼里的怒火渐渐燃起。

博士朝门框上的对讲机说："'妈妈'对那些胡作非为的孙辈并没有手软。所以我们和它们好好地沟通了一番，现在它们都睡着了。"

"博士！"多娜高兴得直朝他招手。

博士说："我们就像罗密欧与朱丽叶，命运作祟，偏要把我们分开。"

多娜露出一个"去你的"的笑容，"你够了。"

"好吧。利安,我现在来分析一下局势:你拿枪指着多娜,以此作为威胁,如果我们继续留在此地坏你大计,你就杀了她。我总结得到位吗?"

利安赞同道:"差不多。"说着,她还向博士亮了亮手中的枪。

几米外的弥赛斯正埋头摆弄激活器。他偷偷回头看了一眼。谁都看得出他在发抖。

博士说:"你不一定非要按她说的做——"

多娜打断他,"我试过,早劝了,都没用。"

利安在里面说:"如果你们想让'妈妈'砸进来,我劝你们还是打消这个念头。这个房间在建造时就强化了结构,没有炸弹级别的威力根本无法破门而入。而且再过……嗯,再过十分钟激活器就准备完毕了,你们无力回天的。"利安惋惜地笑笑。

博士双手插兜,耸耸肩,"如果我说我们刚好有颗炸弹,你会不会夸我们优秀?"

维欧惊呼:"我们有炸弹?"它不停往上蹦,想看清屋里究竟发生了什么,"在哪儿?"

博士看向布尼,"你要自己坦白?还是由我代劳?"

布尼含糊地说:"什么啊,什么炸弹?"

凯莉克也是一头雾水,"我们有炸弹?"

博士说:"还不是一般的炸弹呢,那是一颗反物质炸弹,足以把整座空间站夷为平地。"他顿了一顿,瞪大眼,"是颗大炸弹呢。"

利安笑了,"虚张声势,但演技太差。"

凯莉克又嘀咕了一遍:"我们有炸弹?"这次,她的语气更尖锐了。

"告诉她啊,布尼。"博士催促道。

布尼的目光依次掠过博士、凯莉克,然后良久地停在"妈妈"身上,"我不明白你在说什么。"

博士反驳道:"你当然明白。我什么意思你心里清楚。别畏畏缩缩的,布尼,告诉我们炸弹是怎么回事。你为什么要在'妈妈'体内藏一颗炸弹?"

气氛骤然凝固,众人来回打量着"妈妈"和布尼。

"什么啊?他在胡言乱语。他一定是疯了。"布尼没能藏好声音中的颤抖和犹豫,所有人定定地看着他。

博士说:"你最好还是说实话吧。再过几分钟,利安就要启动激活器了。到那时,你们多年来苦心保护的机械种族都会死去,数百万……甚至数十亿的生命将就此湮灭。这可能是唯一能阻止她的方法了。更何况,你最初把炸弹藏在'妈妈'体内,不就是为了应对今天这种情况吗?如今婚期已至,你怎么反而要当落跑新娘呢?"[1]博士瞥了眼窗户那头的多娜,歉然道,"这个比喻不

---

1. 详见新版《神秘博士》2006年圣诞特辑《逃跑新娘》。

怎么样,不过……"

布尼看着所有人,然后肩膀耷拉了下来。他抬眼看着"妈妈",尴尬地说:"我本来是要告诉你的。"

"什么?告诉谁什么事情?"维欧叽叽喳喳地问,它的上半身转来转去,努力地想跟上他们的对话。

博士反问布尼:"是吗?你原本打算在什么良辰吉日坦白这件事?这可不是张口就能聊的话题。难道你打算说'啊,这片星云真漂亮。哦对了,我在你体内藏了几克反物质,等到合适的时候就引爆它们。'那多扫兴啊!"

布尼眯起眼睛,狐疑地问:"你怎么会知道炸弹的事?"

"我登上你的飞船后,有次和'妈妈'相谈甚欢,刚好就注意到了。"

布尼一脸震惊——而博士对此却毫不惊讶。

"不好意思,"布尼支支吾吾地对"妈妈"说,"我从没想过有一天真的……真的会用上它。"

"妈妈"投出一段猩红的文字:

> 你这话很难令人信服。既然你放了炸弹,就一定考虑过会有用上的一天。

布尼沮丧地抱住脑袋,说:"不是这样的。这只是以防万一。我当时并不知道耀暗之徒的目的,也不知道未来会发生什么,所以不得不……"布尼摇摇头,他知道这一辩解有多么苍白无力,"我必须阻止他们,这是没有办法的办法。"

> 我们曾是朋友。

"我们是朋友啊,曾经是,现在也是。"布尼甩甩头,不敢和"妈妈"对视。

> 朋友不会把对方变成炸弹。

"如果我能在自己体内放一个,我早就那么干了。"

> 或许你说的是真心话。但你本可以对我如实相告。

"可我怕你不同意。"布尼眨着眼逼回即将涌出的泪水,用手背擦了擦鼻子。

> 说真话诚然会有风险,但总比撒谎好。一想到你为了阻止耀暗之徒,不惜杀害我,我就心烦意乱。也许你自己都没意识到,你有多像耀暗之徒。

"不,不。我和他们不一样。"

> 如果换成有机生命,你还会做这样的选择吗?我的本质是机械,这是我们之间的差异。难道这就意味着我可以任你舍弃吗?

布尼再次辩解道:"不是这样的。如果真到了不得不引爆炸弹的那一天,我一定会在你身边,陪你走到尽头。我无法在自己体内放置炸弹,因为随便哪个探测仪都能检查出来。但如果藏在你体内,没有任何人会察觉出异样来。"

这时,利安从里面问道:"怎么了?"

博士这才意识到,她站的位置看不到"妈妈"的投影,只能通过对讲机听到布尼的只言片语。他轻描淡写地说:"哦,一些内部谈话罢了。反物质炸弹啊,友谊啊,之类的。不得不说,还真有点肥皂剧的感觉,但是我能怎么办啊。咱们过会儿再聊。"

维欧嘟嘟囔囔地说:"爆炸让我不适,今天不会有爆炸吧?"

> 决定权在布尼手上。只有他知道炸弹的激活码。如果他决定要引爆,那我也无法阻止他。

布尼看看"妈妈",又看看博士。他用几不可闻的声音问道:"我们该怎么办?"他的神情苍白而空洞,脸上还沾着从"正义之剑号"逃出来时蹭上的灰尘和污垢。这些污渍清晰地勾勒出两行泪痕。

博士抓抓后脑勺,看似毫不在意地说:"不知道啊。你才是知道炸弹激活码的人。"他敲敲窗户,"弥赛斯,不好意思打扰一下,你们那个'星系大战,一键触发'的玩意儿还有多久就准备好了?"

弥赛斯说:"五分钟。"他看起来不太高兴。利安则瞪了他一眼。

"博士!"多娜喊道,"我知道你肯定已经有了万全之策,但是老听你们说炸弹炸弹的,搞得我有点紧张。"

利安说:"虚张声势而已,我太了解他这类人了。"

博士讥讽道:"是啊,你不是这方面的专家吗?你最了解'类型'了。个体、群体都不重要,所有人在你眼里都只是某个'类型'而已。"

他没有放过利安脸上一闪而过的担忧。后者拿枪指着多娜，向弥赛斯走去。走到控制台时，她低头对他耳语了几句。

博士见状奚落道："不敢公开说的话，都是骗人的话。"

利安没有搭腔。

博士看看自己的手表，说："我的手表显示，疯狂玛丽会在四分半后按下按钮。那炸弹的倒计时又是多久呢？"

布尼终于从地板上抬起视线来，"一分钟。"

博士说："好的！所以，在最终做出决定前，我们还有三分半可以用来吵架斗嘴，互相推诿。"他深吸一口气，"不错，时间很充裕，预备——开始！"他倚在墙上，双臂交叠在胸前。其他人都一声不吭地看着他。

"走，"布尼突然开口，"所有人都走，找架飞行器离开这里。我和'妈妈'留下来。"

博士肩膀一垮，百无聊赖地说："要上演舍己为人的英雄主义情节啊？不嫌老套吗？"

布尼又催促道："快走吧。'妈妈'，我们一起毁了这个地方，好吗？"他抬头凝望着对方，眼眶里又泛起了泪光。

"妈妈"思虑了片刻，然后表示：

＞好。虽然我还没有原谅你欺骗了我，但我答应与你联手。个人恩怨需让步于大局。

布尼急切地说:"所有人全部离开,快走!"

博士深吸一口气,"非常感谢二位愿意牺牲自己,但我们不是说好要同生共死吗?"

维欧焦急地尖声道:"我们说好了吗?"

博士坚定地说:"说好了。"他望着玻璃后面的多娜,"多娜,如果今日我们化作烟火,可以换来星系明日的和平,那你做好准备了吗?"

"当然,"多娜毫不迟疑地说,"时刻准备着。大不了就当又去了一趟庞贝古城。"

利安此时笑出了声,"继续啊,谅你们也没那个胆。"

"布尼、'妈妈',你们听到了吗?利安她敢小瞧你们!可不能让她得逞,听见没?"

布尼看了眼"妈妈",然后又看着走廊上的众人,最后对上博士的视线。他用颤抖的声音说道:"激活码,耀眼黑暗111。"

"妈妈"的虚拟屏幕上立刻显示:

> 激活码正确。是否确认执行?

布尼突然顿住了。博士不知道他能否克服这一关。但最后布尼还是说了"确认"。

"妈妈"的投影闪烁几下,瞬间变成了血红色,上面的白字赫然写着数字"60"。众人眼睁睁地看着"60"在下一秒变为"59"。

"妈妈"转过身,让利安看个清楚。

利安嘴上说着"虚张声势",但博士看得出她的动摇与迟疑。

博士说:"现在轮到你做选择了。你还有55秒的时间来思考我是不是在诈你。也许你赌对了,这一切不过是我们几个合起来骗你的一出小把戏。"他低头看着自己的指甲,"又或许,你赌错了呢?"

利安倾身,急切地向弥赛斯说了什么,可惜博士没听清。多娜一直在寻找机会,想夺过利安的枪。但当她与博士四目相对,看到博士朝她微微摇了摇头。

利安突然说:"你说得对。"她走到另一个控制台前,"这就是一场豪赌。我猜我一投降,你立马就会取消倒计时。"

布尼冷冷答道:"一旦启动,无法取消。"

维欧立马号哭起来,"什么?我还以为计划就是这样的。哦天哪!"

博士瞪大眼睛,问:"认真的?"

布尼确定道:"认真的。"

凯莉克对上博士的视线,急促地说道:"我们会死的。"她扶着"妈妈"的腿,稳住摇晃的身体,"还来得及找飞行器吗?"

"对不起,我觉得在——"博士低头看了看手表,"十八秒内找到一架飞行器的可能性不大。"

房间里面一片忙乱。利安和弥赛斯仓促地把一些设备和物件儿从控制台上拔下来打包,那个形似黄蜂的圆柱体激活器也包括在内。

利安面容狰狞地对外面的人说:"找飞行器你们是来不及了,但我们有粒化传送机,这点时间足够让我们带着这个回到'暗意之光舰'上了。"她亮了亮手中的激活器,然后狠狠拍下控制面板,"把我们传送回去!"

她的眼睛里闪烁着胜利者的喜悦。

"耶!太好了!"博士说归说,声音里却毫无激动之意,"派对才刚开始呢!"他双臂环胸,气鼓鼓地说,"行吧,你们都走吧,就让我们留下来打扫这些狼藉好了。"

利安检查了一遍自己是否已经打包好所有东西,然后对他说:"博士,虽然我还是觉得你是在诈我,但如果空间站几秒后没爆炸,我们就会回来。就算炸了……"她夸张地耸耸肩,"无非就是再多花几周或者几个月,寻找一个能量充足的新发射机而已,到时候把激活器一连,照样能达成我们的目的。这个计划耗费了我们太多心血,可不能遭到任何阻挠。"

一束细微的白光裹住了她和弥赛斯。

"等我们的计划在仙女星系成功以后,"利安的声音在嘶嘶的杂声中变得越来越弱,"也许我们会造访你们的星系……"

白光逐渐增强,蓦地消失在众人眼前。利安和弥赛斯都不见了。众人看向"妈妈"的投影,倒计时显示:

> 5

"关掉它!"维欧大喊,"快关掉它!快,我知道这是你的计策,一定是的!"

可博士只是低头看着它,缓缓地摇头道:"抱歉,维欧。布尼没骗你,我关不掉。"

> 4

> 3

> 2

房间里的多娜冲到门口,急切地拍打着开门键。

> 1

> 0

16

弥赛斯和利安一回到"暗意之光舰",奥格穆尼就问:"怎么回事?"

利安大喊:"把屏幕打开,我要看空间站的情况!"

奥格穆尼虽然一脸不服气,但还是调出了画面。

"哦,"奥格穆尼突然想起了什么,"这是我从博士那里拿来的。"他从控制台上拿起一个红亮的圆球,它的大小和橘子差不多,"我打不开,但它一直闪。你们知道这是——"

在真空中,物体震动产生的声波没有传播介质。于是,太空舰的爆炸不会有半点声响。但,即使没有声音,目睹"暗意之光舰"爆炸的人也完全能感受到那番爆炸释放出的威力。

彼时,红球内的磁束缚场突然切断,无数正物质原子终于得以释放,它们与无数反物质原子纠混在一起,像分离多年的故友在聚会上重逢。这场重逢气势磅礴、波澜壮阔,令人无比震撼。

剧烈的蓝白光束在舰头炸开花朵,呈放射状不断向外漫延,转瞬之间就吞噬了整个舰体。燃烧的残骸飞向太空，越来越远，仿若即将熄灭的烟花，倏尔闪耀，最终湮灭于黑暗。

多娜不敢再看"妈妈"的投影，也不想知道自己的生命会定格在哪个瞬间，只希望这个瞬间快点过去，不要有痛苦。她扑进博士怀里，差点把博士撞倒。她把脸埋在博士胸口，屏住呼吸，等待最后一刻的到来。

她等啊等，等来了博士在她肩头轻轻一拍。她抬起头，博士正低头看着她，抽动的嘴角透露出笑意。

"你个混蛋！"多娜愣了一秒才反应过来，对博士抡拳就捶，"你刚才确实是在虚张声势？"多娜怒道，"你个彻头彻尾的大混蛋！"

博士收起笑容，说："第一，我没有虚张声势。第二，我可能是有点混蛋。"他突然露出一个讨打的笑容，"只有一点点哦。"

多娜抬起头，"妈妈"胸前的投影已经消失了。她环顾四周，每个人的脸上都挂着或震惊或疑惑的神情。其中最摸不着头脑的要数布尼了。

布尼问"妈妈"："你怎么……"

"它没有。"说着，博士戴上眼镜，从他们面前挤了过去，走进利安和弥赛斯之前忙活的房间。大家也跟着进来了。

维欧小声嘀咕："所以我们已经死了，这……这是终极上传之处？"它看了眼博士，然后像变魔术一样给自己也架上了一副眼镜，那造型和博士的眼镜一模一样。维欧把手伸向墙壁，似乎以为自己的手指会穿过去，"哦天哪。"

博士一边在控制台忙活，一边回答："如果我说'是'的话，这个地方也太缺乏想象力了吧？找到了！"他指指控制台上的屏幕。

在空寂黑暗的太空里，稀稀疏疏地点缀着几颗冰冷刺目的星星。

维欧不禁问道："这是什么？"

"这就是耀眼黑暗的残迹。挺讽刺的，对吧？"

"啊？"维欧向后仰起头，透过镜片看着博士。

凯莉克问："他们走了？去哪儿了？"

博士的声音透出遗憾和惋惜："去所有人最终都要去的地方。"

"他们死了？"多娜问。

博士抿抿唇，没说话。

布尼猛地反应过来，"那颗炸弹！'妈妈'的炸弹是不是在他们的舰上？"

"我告诉过奥格穆尼，他真的不会想要那东西，"博士严肃道，"但总有些人永远都不会听劝。"

"怎么回事？"布尼说完摇摇头，"你什么时候……"

"当初我在'妈妈'体内发现那枚炸弹的时候，就觉得它十分突兀。这种突兀不单单是指结构上,它就给人一种它不应该出现在那里的感觉。所以我……"他有些难为情地说,"就把它偷走了。'妈妈'连自己体内多了颗炸弹都不知道,自然也不会察觉它不见了。后来它就被奥格穆尼强行拿走了。"

多娜听得目瞪口呆。

"先说好,如果你哪天心血来潮,在帮我体检时顺手摘除我的器官,我绝对不会放过你。"多娜目光灼灼地盯着他,"博士,你记住了吗?"

"有机生命体就是这样,哪个零件要是被拿走,就浑身不自在。"博士深吸一口气,"不过,怎么说……事物总有两面性和冥冥中的因果。"

所有人默默看着屏幕,气氛凝重,落针可闻。突然,博士伸长脖子,眯眼看向屏幕,他的手指飞速地在键盘上敲击,没过多久,屏幕上跳出一幅画面——在茫茫黑暗里,一个熟悉的影子仿佛在向他们招手致意。

"谢天谢地!"多娜长舒一口气,看着那个不断翻转的蓝盒子,"我还在纠结该怎么告诉你塔迪斯不见了。"

"它才没那么容易丢呢。我们可以用空间站上的飞行器去接它,宜早不宜迟。总不能看着它翻进圣缇利的黑洞里吧。"

多娜挽过博士的胳膊,说:"是啊,绝对不能。那我们回家吧?"

"回家吧。"博士点点头，"给我几分钟启动引擎。我们得先把空间站的防护罩关掉，再把它送回黑洞里，不消片刻它就会彻底消失。等我们把塔迪斯捞回来，就送我们的朋友回家。我觉得银河系在召唤我们，你觉得呢？女士们先生们，你们想去哪里？阿拉拉星？达兰达夫星？还是……"

"长留星！"维欧突然高喊，"我们去长留星吧！好不好？好不好？"

博士问："长留星有什么好玩儿的吗？"

维欧的小眼珠子在虚拟眼镜后面一翻，"这你都不知道！它有全星系最棒的机械主题公园啊。它们有超棒的模拟器，可以让你体验作为有机生命会有什么感觉。全是些小肉人的东西，血液啊、内脏啊，好刺激好可怕，还有——"

博士抬手让它消停会儿，然后笑笑说："听起来很有意思！那就去长留星吧。"

17

"耀暗之徒……就这么完了?"

多娜和博士站在塔迪斯旁,目送眼前的小分队渐行渐远。小分队里物种各异,走在最前面的是维欧,它蹦蹦跳跳、叽叽喳喳地说个不停。那副眼镜俨然已经成了它的挚爱,多娜怀疑它这辈子都不会摘下来了。下面的峡谷里坐落着多娜见过的最大的主题公园。即使离得这么远,他们也能听见公园里数千个机械造物发出的欢呼与尖叫,它们每个都迫不及待地想体验一把当"小肉人"的感觉。

"事情没这么简单。与其说他们是一个组织,倒不如说那是一种思想。像他们这种人又何止百万。他们有着同样的思维模式,且无一例外地小肚鸡肠、眼光狭隘,他们深深畏惧着和自己不同的事物以及自己不能理解的事物。每当宇宙里出现问题,他们总会跳出来指责别人的不是。"

多娜深深地叹了口气,挽过博士的手臂。

博士低头看她,问:"你还好吗?"

多娜露出一副"也许吧"的表情,目光依旧凝视着下方的峡谷。

她说:"生活就是这样,你觉得自己是好人。虽然偶尔不那么好,但至少算不得坏人。你日复一日,每天清早起床,去上班、上学,忙忙碌碌,闲下来看个电视、度个假,于是你以为世界就是如此。对父母的话、电视报纸上的内容全盘吸收,除了流行服饰和王室新闻外,你根本不去思考和质疑。就这样,你不假思索、习以为常,认为所有和你不一样的声音都是错的。"

博士缓缓地说:"怎么说呢……人的确如此,尤其当你成为红发女神后,就更容易犯这样的错误。"

多娜用头顶了一下他的肩膀,有些嫌弃地说:"唉,其实根本不是那么回事。"

她停下来吸了一口长留星的空气,奇异的外星空气仿佛要把她灼伤似的。"跟你一起旅行……"多娜顿了顿,"跟你一起旅行,让我见识了从未见过的风景,经历了命悬一线的危机,太惊心动魄了,你知道的吧。"

博士担忧地挑眉道:"我们随时可以回去。回到奇斯威克,平时打打工,闲时去埃及度度假——不过我觉得墨西哥更好。总之就是回归正常的生活……"

多娜笑笑,摇了摇头,"在见识了这么多机器人——这么多机械生物、这么多外星人以后……"她顿了顿,"再说,什么才是'正常'呢?"

博士指了指百米开外的一行人——两个长得像直立日光浴床的机械并排走着，肩上分别坐着一个"小肉人"孩子。"日光浴床"左晃晃右摇摇，假装要把两个孩子摇下去，逗得两个小家伙又笑又叫。

"那就是正常。人们，富有人情味儿的普通人们。"

他们沉默地站着，眼前是长留星的黄色夕阳缓缓下沉的美景，耳畔是各种声音，鼻息中充盈着食物、鲜花和机油的气味。

"人们，"多娜低声咀嚼着博士的话，"富有人情味儿的普通人们。"

致　　谢

一如既往，我得感谢我的试读编校好友——斯图尔特·道格拉斯、西蒙·弗瓦德、迈克尔·罗宾逊、保罗·戴尔·史密斯和尼克·华莱士。

感谢贾斯廷·理查兹又给了我一次创作的机会。

感谢每个喜欢我其他《神秘博士》小说的读者。

马克·莫里斯、西蒙·梅辛厄姆，欢迎你们回归。

感谢史蒂夫·特莱布敏锐的目光。

感谢拉塞尔·T.戴维斯和他的团队为我们带回了这一妙不可言的游乐场。

哦天哪！